Cocktail Rose

Manuel Laroche
manuellaroche@yahoo.com

Je tiens à remercier Sonia Moore, Annick Tillier, François Matte, Éric Goulet, François Thivierge, Mario Lento, Bob, Joyce, Maria, Roger et surtout Stephan Blainey pour votre lecture attentive, votre soutien et vos encouragements.

*

« *Le relativisme de l'asexualité chez l'escargot*, c'est le titre de sa thèse » répond Irma.

Jeannie éclate de rire.

« Pourquoi tu ris ?

- Eh bien, c'est drôle tu ne trouves pas ?

- Non » riposte Irma avec une pointe d'agacement, comme s'il s'agissait de quelque chose qui lui était reproché personnellement. « C'est un sujet très pointu sur lequel elle a passé cinq ans de sa vie.

- Excuse-moi mais c'est encore plus drôle ! »

Irma sourit finalement : elles sont deux grandes amies.

« Tourne ici, il y a toujours de la place dans cette rue et en plus c'est la seule où ils n'ont pas encore installé des parcomètres. »

Comme de fait, en lâchant le volant, Irma aperçoit un espace libre plus loin.

« Je te l'avais dit. »

C'est l'heure bleue. Le trottoir n'est pas déneigé alors elles marchent l'une derrière l'autre. Quand des passants les croisent, elles marquent une pause dans leur discussion.

« Tu dois être contente que ce soit fini ? demande Jeannie.

- C'est sûr qu'elle et moi, on va avoir plus de temps pour nous. Surtout que dernièrement, ce n'était pas évident. Michèle était très nerveuse pour sa soutenance, mais le grand jour est arrivé, enfin.

- On est en avance ?

- Pas tellement non, le temps qu'on trouve le local, j'aimerais mieux qu'on y aille tout de suite. Tu veux t'arrêter prendre un café avant, c'est ça ? Je te connais...

- Oui, j'ai peur de m'endormir.

- Franchement ! répond Irma. De toute façon, il y a des machines à café à tous les deux pas dans les corridors d'universités. »

Les deux copines empruntent alors une des rues abruptes menant à Doctor Penfield qui ceinture la montagne, juste en-dessous Des Pins bordant le parc du mont Royal, dans le ghetto McGill. Elles arrivent devant le bâtiment de style écossais néocolonial avec ses marches amples et ses pierres de grès rouge qui en imposent. « Ouais, ça n'a pas lieu n'importe où » dit Jeannie. Effectivement, elles se retrouvent sur le parvis d'un des plus anciens pavillons où la plupart des locaux sont destinés à des événements spéciaux.

Elles entrent et secouent leurs bottes, enlèvent leurs manteaux quand un garçon, fin vingtaine, lunettes à la JFK, cheveux noirs en brosse, grand et mince, s'approche et leur demande : « May I help you ? ». Il les dirige alors vers l'escalier menant à l'étage où « some others have already arrived ». Les marches craquent et ça sent le vieux chêne. Il fait chaud. De cette chaleur qui émane d'un système de chauffage central à l'huile. Des gens parlent tout au bout du corridor devant la porte où se tiendra la soutenance. Michèle est là, elle se retourne quand elle les voit arriver. Elle a un sourire de soulagement et se détache du petit groupe pour s'approcher. Elle s'adresse d'abord à Jeannie : « Je suis tellement contente que tu aies pu venir !

- Moi aussi. Il faut bien qu'il y en ait une des trois qui soit là, s'empresse de répondre Jeannie.

- Merci ! »

Irma avait décidé il y a seulement un mois de présenter son amoureuse à ses trois copines de toujours.

Michèle attrape la main d'Irma et la regarde d'un air inquiet, les yeux en accent circonflexe. Irma la rassure en lui disant « tu es prête, tu es prête ».

Elles s'embrassent sur la bouche vitement. Derrière, une voix forte demande : « Où est notre héroïne du jour ? » C'est son directeur de thèse qui la cherche. « Oui, oui, vas-y » dit alors Irma en hochant la tête. Michèle se détache en faisant des pas à reculons tout en ne quittant pas Jeannie et Irma des yeux :

« On se voit, tout de suite après ?

- Mais oui... » dit Irma d'un ton rassurant.

La salle de cours en forme d'Agora peut contenir près de deux cents personnes. Elles sont une vingtaine, éparpillées dans les rangées inclinées. Sur la scène il y a la doctorante et le jury.

Après quelques remerciements, elle présente brièvement son sujet : « Chez l'escargot, il n'y a pas vraiment de différence entre les mâles et les femelles : chaque individu porte à la fois des spermatozoïdes et des ovules... »

Après une demi-heure, le jury a posé quelques questions et ensuite il s'est retiré pour délibérer avant de revenir pour annoncer que Michèle avait réussi. Jeannie n'a pas ressenti de fatigue. « C'était divertissant finalement. » Elle est contente de découvrir un peu plus Michèle, l'amoureuse de sa grande amie Irma, elle l'analyse sous cet angle.

Dans la rue, il fait noir maintenant. Jeannie marche seule pour se rendre au Chat Perdu, le bar à cocktail où tous les vendredis, à dix-huit heures, les cinq se rencontrent. C'est un rituel, un rendez-vous sacré. Elle se dit qu'entre elles, elles n'ont jamais abordé le sujet mais il y aurait un parallèle à faire avec les hommes de Cro-Magnon qui se regroupaient autour d'un feu. Quant à Irma, elle est restée avec Michèle après la présentation car celle-vit des moments d'une importance capitale: recevoir des félicitations bien senties de ses pairs est l'occasion unique de remplir sa besace d'encouragements qui la suivront toute une vie et elle en est consciente. Plus tard elles iront rejoindre les autres au bar

Dans le corridor, face à la salle, Irma n'a pas le temps de s'ennuyer puisque rapidement elle est apostrophée par Violaine Da Silva qui a codirigé la thèse de Michèle et avec qui elle avait eu l'occasion de discuter de rénovation lors d'une soirée qui s'était éternisée à leur maison de Saint-Sauveur, en raison de l'attente d'une dépanneuse.

Pendant ce temps, au coin de Cathcart et Stanley, Jeannie pousse la porte du bar à cocktail. Elle secoue ses bottes puis de sa main gauche écarte le grand rideau rouge de velours épais qui empêche le froid de s'engouffrer plus loin. Ambiance feutrée, musique techno lounge. Au fond, à leur table habituelle, Annabelle et Lucie sont déjà arrivées.

« Allô les filles ! » Elles s'embrassent. En enlevant son manteau, Jeannie voit son foulard glisser et tomber par terre dans une flaque de neige fondue.

« Alors, ça s'est bien passé, demande Lucie ?

- Michèle m'a vraiment impressionnée » dit-elle en plaçant son parka sur le dossier du tabouret. « On ne la connaît pas beaucoup, l'amoureuse de notre chère Irma, mais à l'écouter développer son sujet de thèse, elle m'a vraiment bluffée...

- Ouais, j'aurais dû y aller, dit Annabelle.

- Mais tu finissais plus tard aujourd'hui ? Non ? C'est pour ça que tu ne pouvais pas venir ? demande Lucie.

- Ça a fini plus tôt finalement... En fait j'aurais pu y aller mais bon, c'est comme ça, c'est trop tard.

- Pas fort, rétorque Lucie.

- C'est pas grave, reprend Jeannie, moi j'y suis allée. Dans le fond, je nous représentais toutes les trois, voyons-le comme ça. Tu pourras te reprendre, elles vont venir nous rejoindre tout à l'heure.

- Ouais, ok » répond Annabelle en jouant avec le bout d'une couette.

« Bon, moi je vais directement au bar pour commander parce que le petit nouveau il n'a pas l'air vite sur ses patins » dit Lucie en se levant.

Jeannie et Annabelle restent seules, juchées sur leurs tabourets, accoudées à la petite table ronde. « Toi, ça va ? Comment a été ta semaine ? demande Jeannie.

- Ah...la la, répond Annabelle en roulant les yeux vers le plafond, je suis encore toute émoustillée d'hier soir.

- Ah bon ?

- En fait, c'est pour ça que j'ai fini plus tôt, c'est que j'avais besoin de faire une sieste avant notre cinq à sept, j'ai dormi une demi-heure dans l'auto en sortant du boulot.

« C'est ton nouvel amant encore ? demande Jeannie d'un ton complice. Le même que l'autre fois ?

- Oui, il s'appelle Rudolf. Avec lui, c'est comment dire ... wow... tellement hot...

- Raconte-moi !

- En rentrant du travail, j'ai tout de suite pris ma douche en prévision de notre petite soirée et l'idée m'a prise de faire une sauce à spaghetti. Je n'avais plus grand chose dans le frigo, c'était la seule solution.

- Ouais, ok, dit Jeannie en croquant un bretzel.

- Il devait arriver vers18:45 mais à 19:30 il n'était pas encore là.

- Il t'avait averti au moins qu'il arriverait plus tard ?

- Non, mais on s'en fout, répond Annabelle en faisant un geste de la main gauche. Au contraire, ça m'a fait monter l'excitation, j'avais hâte qu'il arrive. Le téléphone sonne et c'est ma sœur alors on papote pendant que je brasse ma sauce et là, ça cogne à la porte... »

« Attention les filles » dit Lucie qui arrive avec trois cosmopolitains.

« Alors là, reprend Annabelle...

- Moi je connais la suite » l'interrompt Lucie en déposant les verres devant chacune d'elles. « Le petit jeune au bar il est joli mais il n'est pas trop trop allumé. Ils sont mieux d'être bons. »

« Toi, tu connais la suite évidemment » dit Jeannie.

« Oui, j'ai hâte de voir ta réaction » répond Lucie.

« Bon là, voici la scène, reprend Annabelle : j'ai la serviette autour des cheveux, je tiens le téléphone d'une main et la louche de l'autre quand il entre, j'avais laissé ouvert. J'écoute ma sœur qui est partie dans son monologue et je lui dis juste des « ok » à toutes les deux minutes. Lui, il se tient dans le cadre de porte, il met un doigt sur ses lèvres et me fait:

« chut ». Il enlève ses bottes, garde sa veste de cuir et s'approche sur la pointe des pieds. Il me caresse les épaules par derrière et là, avec une main... (Elle fait une pause et regarde ses deux amies en détendant sa mâchoire.) Je sens qu'il défait sa ceinture pour baisser son pantalon, il remonte mon peignoir. Ma sœur continue son monologue, je l'écoute toujours mais un peu distraite, mettons... Elle ne se rend compte de rien. Là, il me pénètre. J'essaie de pas respirer fort. Il commence son va-et-vient... »

« Chin chin » dit Lucie en levant son verre.

« Chin, chin... chin, chin... » Les trois se font un toast en se regardant dans les yeux. Un remix house de *What A Wonderful World* joue en arrière-fond.

- Mmmmm, il est très bon ce cosmopolitain, dit Jeannie.

- Il est plus fort que d'habitude, c'est bizarre que tu l'aimes ? commente Lucie.

- Tant mieux, ça va m'aider à digérer la fin de l'histoire d'Annabelle car je sens que ça va dérailler bientôt. »

Lucie s'étouffe de rire dans son verre.

- Alors là, reprend Annabelle, ma sœur continue de parler mais elle m'énerve, comprends-tu ! Je finis par raccrocher puis là il y va à fond. Son téléphone sonne, je lui dis « ah non », il me dit « je le prends ». Il avait raison, moi j'avais même pas raccroché quand il était arrivé.

- Aïe Annabelle ! juge-toi pas, l'interrompt Lucie en lui faisant des gros yeux. Juge-toi pas. N-e t-e j-u-g-e p-a-s, répète-t-elle .

- Rudolf répond mais ça avait déjà raccroché. Il me dit qu'il faut qu'il rappelle, je lui dis encore « ah non, attends ». Là, il me prend par les cheveux, me baisse la tête au-dessus de la sauce à spaghetti qui fume et il me dit : « je l'appelle ou je m'en vais, c'est un ou l'autre, qu'est-ce que tu choisis ? » Il me dit ça et me prend le sein de l'autre main tout en donnant des coups de bassin... Halalalalalala...

- Moi, je n'aimerais pas ça, en tous cas, dit Lucie, ça serait un tue-l'amour pour moi.

- Laisse-la raconter, c'est pas toi qui le vit, intervient Jeannie.

- Il me dit « je le rappelle mais je ne veux pas t'entendre ». Sauf que moi je n'ai pas envie de me contrôler... Mais il ne me donne pas le choix : il prend la louche en bois, il me la met dans la bouche et me dit « ne l'échappe-la pas » en composant le numéro sur son téléphone. Je tiens la louche entre mes dents… Il parle au téléphone et continue son va-et-vient. Moi je deviens étourdie, ça m'excite encore plus de pas pouvoir faire de bruit et là il me serre le bras, regarde le mini bleu que j'ai » dit-elle en souriant, exhibant son avant-bras à Jeannie. Elle reprend : « Sa conversation dure longtemps, j'en peux plus, j'ai mal à la mâchoire mais je ne lâche pas la louche car je ne veux pas qu'il s'arrête. » Jeannie éclate de rire, Annabelle reprend : « Je me sentais prisonnière, c'était g-é-n-i-a-l. Il finit son appel juste comme je n'en pouvais plus, je laisse tomber la louche dans la sauce, il accélère en me donnant des fessées, ma fille, ahahah… Comme c'était bon. Ouf...

- Est-ce qu'elle est bonne ta sauce à spaghetti finalement ? » ironise Lucie.

« HAHAHA » les trois éclatent de rire.

« Bon c'est ma tournée maintenant ! » dit Jeannie qui fait signe au serveur. Ensuite elle s'adresse à Annabelle : « Si t'es bien dans une histoire comme ça, c'est ton affaire. »

« Moi non plus c'est pas trop mon truc, enchaîne Lucie. Mais bon... C'est le fun de se le faire raconter quand même ! Ce qui m'inquiète c'est que ça ne fait pas longtemps que tu le connais, qu'est-ce que ça va être dans six mois ? »

Le téléphone de Jeannie sonne, c'est Irma pour dire qu'elles viendront faire un tour mais pas longtemps car un repas vient d'être suggéré par le directeur de thèse et « Michèle ne doit pas manquer ça ».

- C'est certain, lui répond Jeannie, on comprend très bien...

- On arrive ! » En entendant ça, elle aperçoit les deux copines qui poussent le grand rideau. Annabelle se retourne, les aperçoit et bondit de son tabouret pour aller vers elles.

« BRAVO ! »

Michèle est émue et verse une larme. Jeannie et Lucie l'applaudissent.

Les cinq s'embrassent. Annabelle de renchérir « Nous sommes si fières de toi ! ».

Le serveur arrive avec trois cosmopolitains. « Prends le mien » dit Annabelle à Michèle qui a son manteau sur le dos. « Et toi, le mien » dit Lucie à Irma.

« Vous êtes trop gentilles... On va les boire vite parce qu'on ne veut pas faire attendre la délégation. Heureusement c'est au Bella Donna, juste à côté, dit Irma. »

« On va t'en commander deux autres » lance Lucie au serveur, crâne rasé et bras tatoués.

« Laissez-moi au moins payer » intervient Michèle. « Aïe, arrête-moi ça tout de suite » répond Annabelle en sortant son portefeuille.

*

Quelques heures plus tard, en face du Bella Donna, Michèle et Irma font leurs salutations. Les formules d'usage s'entremêlent alors que chacun remonte son col ou ajuste son manteau: « bonne fin de soirée », « on se voit bientôt », « n'oublie pas de me rappeler pour les coordonnées » etc.

Michèle et Irma pressent le pas en frissonnant « Où avais-tu stationné la voiture, ma chérie ?

- On y est presque, répond Irma.

- En tous cas merci, amour, d'avoir été là à mes côtés toute la soirée, vraiment... Tu sais, cette victoire que j'ai maintenant en poche, c'est pour toi aussi, c'est pour nous. » Michèle termine sa phrase avec le son de la voiture qui démarre. Irma se retourne en lui mimant un bec: « mouahh » comme on lance une lettre à la poste « je t'aime ».

La route est luisante en cette nuit noire de janvier. Il fait moins quinze. « On se fait un feu en arrivant ? demande Irma. Même s'il est tard, j'ai envie qu'on se colle devant le foyer.

- Je ne dis pas non ! »

Elles en ont pour une heure de route avant d'arriver à leur jolie maison du Chemin de la Paix à Saint-Sauveur.

« Si tu n'avais pas été là, je ne sais pas comment j'aurais fait. Matériellement, j'avais ma bourse, ça allait, mais moralement tu m'as soutenue et tu as fait des sacrifices. Notamment le voyage avec les filles qu'on a remis parce que tu savais que j'étais en pleine rédaction... Tu m'as vue dans des moments de découragement que je ne pensais jamais atteindre. » Elle regarde vers le plafond de la voiture. « Merci, merci, merci... »

« Ça me fait plaisir, mon amour. Je ne me suis pas posé de question, ça allait de soi. Et puis, je me suis sentie utile, je savais que c'était pour une bonne cause !

- Tu me comprends tellement... Comme j'en parlais avec l'assistante du recteur lors du souper, je sais que je touche quelque chose de crucial. Les récentes découvertes en sociobiologie prouvent de plus en plus qu'il y a des liens à faire entre les diverses identités sexuelles chez l'humain et le comportement social des escargots, bref je sais que c'est important... Ça pourrait avoir des répercussions jusque dans le domaine judiciaire.

- Tu es une vraie passionnée.

- Je parle de moi, je parle de moi... Je suis dans le théorique mais toi tu es au front : médecin interniste à l'hôpital universitaire, on peut difficilement se sentir inutile... Tu vois, on se complète... Pour l'instant ça ne nous laisse pas beaucoup de temps ensemble mais on a toute la vie.

- Moi je veux que tu ailles au bout de ton rêve, insiste Irma. Je vais toujours tout faire pour t'aider. Comme on va avoir plus de temps dans les mois qui viennent, on pourrait en profiter pour se pencher sur notre projet plus personnel ? Je ne t'ai pas dit que la chef des infirmières qui est en congé de maternité est passée nous voir hier. Elle nous a présenté sa fille de deux mois. Elle est tellement mignonne avec ses petites joues, ses petits bras potelés, belle à croquer ! … »

Michèle se tient les mains jointes et l'écoute attentivement. Elle tourne la tête, regarde par la fenêtre un instant. Elle est soudainement distraite par la neige qui tombe à l'horizontal et de plus en plus intensément. Elles ont maintenant dépassé le pont qui enjambe la rivière des Mille Îles. À chaque fois, Irma se demande bien où se situe la fameuse maison de Céline Dion. « Il y aurait sûrement moyen de le savoir ».

La voiture aborde les basses Laurentides, s'éloignant de la vallée du Saint-Laurent. La neige tombe à plein ciel; en quelques minutes seulement, la chaussée est devenue uniformément blanche. Irma ralentit sa vitesse.

« On pourrait commencer à regarder pour les banques de sperme ?

- Tu sais, les deux copines de Caroline au gym, elles ont un petit garçon de cinq ans. Ça se passe bien mais elles sont perturbées ces temps-ci parce qu'apparemment leur petit garçon est obnubilé par leur voisin de palier, il l'appelle papa. En plus, ça arrive en plein pendant l'affaire de Jimmy Carhurt qui est partout dans les nouvelles.

- Ah oui, le garçon de vingt et un ans qui poursuit ses deux mères adoptives et la compagnie de vente de sperme ? Ne me dis pas que ça pourrait te faire changer d'idée ?

- Non, non, je ne dis pas ça, mais disons que...

- Moi, en tous cas je préfèrerais avoir une fille, reprend Irma. Heureusement, grâce aux nouvelles techniques, on a le choix du sexe de l'enfant.

- Bah non... Et toi non plus. On en a déjà parlé de ça.

Irma tourne son visage pour regarder Michèle dans les yeux « tu vas tellement être belle enceinte ».

*

Les vraies passions jaillissent de l'enfance comme des rayons de soleil qui miroitent sur un coffre au fond d'une mer turquoise. Quand on les découvre, on y retourne toujours pour s'y abreuver comme des chevaux à la rivière. Pour Patrice, le mari de Lucie, c'est la matière plastique. Fasciné depuis qu'il a trois ans quand son grand frère, assis les jambes croisées sur le lit au-dessus du sien, jouait avec des mini-dinosaures qui se livraient des batailles sans merci.

Patrice se réveillait au son des créatures préhistoriques émises par son frère lors de mises en scène sanguinaires. Il montait le rejoindre et se voyait attribuer des rôles qu'il endossait volontiers. La texture de ces animaux miniatures le fascinait. Puis il est passé à celle des plats Tupperware et puis enfin à l'infini variété d'objets de cette matière, le plastique. Il en a fait sa vie, son gagne-pain et son hobby de fin de semaine.

Le dimanche matin, il aime se lever à quatre heures trente. Lucie dort toujours paisiblement à ses côtés et leurs deux enfants dans leurs chambre. C'est son moment favori. Dans dix minutes il va descendre au sous-sol, dans « sa caverne », afin d'y tester de futurs modèles d'avion à coller pour la firme Light Flight comme consultant senior. Il y consacre quelques heures par semaine, surtout le soir, mais ce qu'il préfère c'est vers la fin de la nuit, quand le monde lui appartient.

Il a un rituel : il descend, se prend un verre d'eau et allume la radio sur l'étagère du haut dans son atelier pour écouter « Fabi, la nuit ». Il est dans son petit univers bien à lui, jusqu'à ce que les enfants se lèvent vers huit heures. Il monte alors les rejoindre pendant que Lucie continue de dormir généralement jusque vers dix heures.

La noirceur de la chambre est altérée par la lueur bleutée du radioréveil. Il regarde le plafond quelques instants. La vie est belle. Comme tous les dimanches à cette heure, avant de quitter le lit, il se colle en cuillère et respire le haut du dos de Lucie. L'odeur de sa peau à ce moment est la plus enivrante au monde. Sa peau à elle. Depuis leurs premiers ébats il y a dix ans, ça n'a pas changé: il s'estime ultra chanceux d'avoir trouvé celle qui, pour lui, sent bon en toutes circonstances.

Il la caresse pour qu'elle se réveille à moitié comme à l'habitude. Alors en silence, elle baisse ses petites culottes et cambre ses fesses. Elle se laisse faire, indolente. Elle a hâte de se rendormir mais elle sait qu'il adore ça : elle le fait pour lui, celui qu'elle aime simplement pour ce qu'il est.

Patrice y va à fond. Ses deux mains empoignent fermement les hanches de Lucie. Il bouge avec volupté et ne se retient pas, comme Thelma et Louise arrivées à une centaine de mètres du Grand Canyon : elles ne veulent plus revenir en arrière car les flics sont là, elles se regardent une dernière fois dans les yeux d'un air complice alors que Thelma appuie sur l'accélérateur et que la voiture décolle à toute allure pour aller plonger dans l'immense ravin.

La tête de Lucie cachant le radioréveil est auréolée de bleu, ses cheveux défaits pêle-mêle rappelle à Patrice une douce anarchie, comme une délivrance de l'impossible.

Lorsqu'ils font l'amour à d'autres moments, Patrice reste attentif à ce que Lucie veut. Quant à cette variante du dimanche dans la nuit, il avait dû la négocier mais ce ne fut pas trop difficile, Lucie avait accueilli avec bienveillance le fantasme de son amoureux. Le fait qu'il se lève tous les jours avant elle pour s'occuper des enfants avait aidé à sa cause.

*

« Oups, je t'ai perdu là... Je... je... » L'image d'Isidore se fige sur l'écran de Jeannie. « Ah tu reviens là, parle donc pour voir ?

- Allô la belle Jeannie...

- Ah c'est revenu ! Reste près de ta fenêtre sinon le signal rentre mal...

- Eh bien y'a pas de problème, je suis content de te voir, comme toujours...

- Moi aussi... » dit Jeannie en se penchant vers l'écran, comme pour se rapprocher de lui.

Isidore est natif de la Côte d'Ivoire, il vit à Abidjan. Jeannie l'avait connu lors d'une semaine à Paris avec sa mère en octobre dernier. Elles avaient acheté un voyage incluant l'hôtel dans le quartier Saint-Germain-des-Prés, une balade en bateau-mouche et un tour de ville en autobus deux étages. Comme dans la chanson de Joe Dassin *Côté Banjo, côté violon, « Toujours Paris au mois de mai... »*, cette ville semble avoit plusieurs printemps par année.

Au sortir d'une visite du Musée d'Orsay, deux jours après leur arrivée, (il restait encore quatre jours entiers, le cinquième étant celui du départ), elles sont allées prendre un café en terrasse. Le Paris typique. Cette cité où en déambulant sur les trottoirs on n'a qu'à étirer le bras, à chaque coin de rue, pour attraper un demi de bière pression, un expresso, un verre de vin, selon votre allégeance. Petite table ronde et chaises en rotin. Vingt-deux degrés, seize heures trente, odeur de gitane diluée dans la brise.

« Bonjour Mesdames » dit le garçon assis à la table d'à côté, d'un ton protocolaire qui les fait sourire. Elles se mettent à discuter avec lui. Il remarque tout de suite leur accent québécois. Si elles étaient Françaises, elles remarqueraient son accent africain, mais comme ce n'est pas le cas, pour elle il parle juste « à la française ».

Cette façon d'aborder les femmes, par simple courtoisie, ou pour draguer, s'est perdue de l'autre côté de l'Atlantique, se met à penser

Jeannie, comme si cela était devenu quelque chose de répréhensible, car perçu selon un axe prédateur-proie.

« Vous êtes toutes les deux très jolies » renchérit sans gêne le garçon. Elles en demeurent surprises car ce genre de remarque est devenue rarissime au Québec. Elles trouvent cela agréable. Ces quelques paroles, bien que frivoles, se diront-eles plus tard, font que la vie vaut d'être vécue.

Au bout de quelques instants, la mère de Jeannie se lève, prétextant aller aux toilettes, mais en fait c'est pour les laisser seul à seul. Elle a bien remarqué un petit quelque chose entre eux. Au sortir des W.C., elle prend son temps et fait semblant de s'intéresser à des affiches épinglées au babillard près du bar.

« Et toi, que fais-tu à Paris, alors ? demande Jeannie.

- Eh bien moi, Mademoiselle, vous savez, je...

- Tu peux me tutoyer quand même, dit-elle en riant.

- D'accord, c'est trop gentil de votre part...

- On a probablement à peu près le même âge, quand même...

- Bon d'accord, réplique Isidore en clignant des yeux. Je disais donc que je suis à Paris en voyage d'affaires. Je vois que vous avez commandé un Perrier. Je vous offre un café alors ? »

Sa manière de parler et sa prévenance fait sourire Jeannie :

« Oui, d'accord, si ça vous chante.

- Oh que j'aime cette expression, dit-il. Pour votre mère aussi ?

- Je ne dirais pas non » répond la maman, située quelques mètres plus loin, ce qui prouve bien qu'elle tendait l'oreille à la conversation.

« Garçon ? Trois cafés s'il vous plaît.»

Il se retourne vers Jeannie: « D'après toi, d'où vient le café que l'on boit dans ce bistro ?

- Je n'aime pas les devinettes, répond Jeannie.

- Eh bien, il vient de mon pays.

- Intéressant... C'est beau chez toi ?

- Oui, c'est l'Afrique : c'est bien plus beau qu'ici !

- Plus beau que Paris ? demande Jeannie d'un ton moqueur.

- Mais bien sûr. Ici c'est triste et banal.

- Tu me fais marcher, là ?

- Non, non, bien sûr que non. La tour Eiffel, les quais de la Seine, tout ça est d'un ennui mortel. C'est pour ça que les gens ont autant besoin de mon café ! dit-il en souriant.

- T'es un rigolo, toi. »

De retour à leur chambre d'hôtel en fin d'après-midi, après une sieste, la maman de Jeannie n'a plus envie de sortir, elle dit qu'elle se passera de souper. Elle a envie tout simplement de rester dans la chambre pour lire ou regarder la télé. « Mais va manger toi, ne t'en fais pas pour moi, ensuite tu pourras aller à ton rendez-vous comme prévu, avec le beau Isidore.

- Ah arrête, ça ne me tente pas plus que ça mais il a tellement insisté.

- Lui en tous cas, ça n'est pas un timide... Ça m'a étonné quand tu lui as dit oui, on le voyait tellement venir de loin avec ses gros sabots.

Une demi-heure plus tard, Jeannie marche seule dans la rue, elle se sent libre. La plupart des hommes qu'elle croise la dévisagent. Parfois même elle entend des compliments prononcés à voix basse. « Ça fait différent du Québec » pense-t-elle. Elle s'efforce de chasser de ses pensées le sentiment de culpabilité qu'elle sent naître en elle du simple fait qu'elle aime se sentir désirer par des inconnus qui ne la croisent qu'un instant. Elle garde son visage au neutre, elle ne le *ferme* pas. « Si ça m'arrivait tous les jours, je déchanterais probablement par contre, qui sait ? »

Elle voit un resto de l'autre côté de l'étroite rue qui lui plaît spontanément, Les Vignes Rouges. Elle y entre et s'assoit à une table près de la fenêtre. Elle commande un verre de blanc et un tartare de saumon. Le pain baguette, dans la petite corbeille en osier, à lui seul est aussi bon que le plat principal : on est en France. Le tout accompagné d'une salade verte pour remplacer les frites. Elle écoute distraitement les conversations éparses autour d'elle quand arrive la serveuse et dit:« C'est offert par monsieur » en déposant le vin devant elle. Elle regarde vers le bar, le type en question lève son verre en guise de salutation. Un homme dans la soixantaine, le nez en chou-fleur, cheveux blancs bouclés. Veston et cravate, regard affable. Il lui fait un clin d'œil puis reprend la conversation avec son voisin de comptoir.

Jeannie se met à penser à son dernier petit copain qui l'a laissée il y a maintenant un an et demi, Charles-Henri. C'est dur parce que c'était pour une autre. Et cette autre est déjà enceinte. Déjà. Elle l'a appris en les croisant dans un supermarché par hasard deux semaines avant de venir. C'était « évident ». Dans le stationnement, juste après, elle avait pleuré en donnant des coups sur son volant. Mais ce soir à Paris elle se sent bien loin de ça. « C'est peut-être la femme de sa vie et ça, je n'y peux rien. » Jeannie ne cherche pas à rencontrer quelqu'un. Elle n'a pas envie non plus de vivre des aventures mais elle est amusée à l'idée de revoir Isidore ce soir.

Elle termine sans prendre un café sachant qu'elle va le retrouver à une autre terrasse. « On va prendre un verre ensemble ce soir ? » était sa question. Elle termine d'un cul sec son Perrier et fait signe pour l'addition. C'est alors que l'homme qui lui avait offert un verre passe près d'elle en se dirigeant vers les W.C. Il pose une main sur son épaule droite, se penche légèrement vers elle pour lui dire avec une bienveillance désintéressée: « Je vous souhaite une belle fin de soirée, mademoiselle ».

« Merci, c'est très gentil. »

La nuit est tombée.

Le long des quais près du pont des Arts le reflet des lampadaires sur la Seine sont longs comme des silhouettes de ballerines. Une brise tiède balaie les cheveux de Jeannie qui marche en regardant l'île Saint-Louis au loin. Elle observe, de l'autre côté de la rue, Isidore qui entre audit lieu de leur rendez-vous. Elle en déduit par sa démarche qu'il est quelqu'un de posé. Il se dégage de lui un calme intérieur qui semble imperturbable, pense-t-elle.

En quelques secondes, plusieurs scénarios défilent dans sa tête dont celui où il serait le père de ses enfants, et un autre où, simplement un amant de passage, il l'embrasseraitt avec fougue à l'entrée d'un cinéma où des gens font la file.

Elle traverse en accélérant le pas puis le rejoint dans le resto.

« Toi, tu as mangé où ? lui demande-elle.

- Je n'avais pas tellement faim, j'ai grignoté à mon hôtel. Tu es encore plus belle ce soir que cet après-midi, tu embellis d'heure en heure on dirait.

- Arrête... »

- Un grand serveur au ton sec arrive: « Vous prenez ? » Isidore fait un signe de tête à Jeannie, du style « toi ? »

« Je vais prendre... mmm... »

Ça devrait être un café, pense-t-elle, mais une gêne informe devant Isidore la fait opter pour « un verre de blanc, s'il vous plaît ».

« Pour moi, ce sera un cappuccino. »

Le serveur dépose deux sous-verres de liège devant eux et repart.

« Vous avez des Starbucks au Canada ? »

La question agace Jeannie car la réponse est tellement évidente.

« Bien sûr que oui. On a d'autres chaînes du même style aussi, plus petites mais oui bien sûr. »

Sensible et allumé, Isidore a perçu son agacement donc il rattrape la balle au bond : « Tu sais, moi tout mon monde c'est le café, c'est pour ça que je te parle de ça. J'en bois beaucoup et j'en vends aussi. Et du cacao !

- Ah j'adore le chocolat, répond Jeannie.

- En Côte d'Ivoire on en produit; ma famille est propriétaire de terres agricoles. Mes parents ont travaillé longtemps dans les champs et un jour ils ont pu acheter. Moi je suis trader maintenant. J'ai fait le grand saut : je vends et j'exporte deux matières premières de mon pays, voilà tout.

- Ah c'est beau cette fierté quand tu en parles ! Tu sembles être en paix avec tes origines. Chez moi, c'est différent.

- Ah bon ?

- Mouais... C'est difficile à expliquer, c'est un ressenti que j'ai là, en t'écoutant. »

Les deux se fixent les yeux un bref instant, chargé de curiosités croisées l'un envers l'autre.

Avant qu'il ne lui pose la question, elle prend les devants : « Eh bien, moi je travaille pour ma ville, la ville de Montréal, dans le domaine culturel. J'évalue et je choisis -mais pas seulement moi, on est une équipe- des projets d'art public, par exemple des installations photos dans les parcs, des projets de monuments, du muralisme etc.

- Le muralisme ?

- Oui, ce sont des fresques peintes sur les murs. En France, vous appelez ça du street art.

- Ah... » répond Isidore concentré mais qui donne l'impression de penser à autre chose. Jeannie le ressent mais ne s'y attarde pas. La conversation coule bien.

Le serveur apporte deux nouvelles consommations au moment où le soleil réapparaît pour la dernière fois entre les bâtiments au bout de la rue. La lumière orangée reflète sur le verre de Jeannie, le temps d'un sourire d'Isidore qu'elle trouve charmant avec sa chemise de lin rose. Il a passé au cognac, avec un décaféiné cette fois.

« Vous n'êtes pas mariée ?

- Euh... non, répond Jeannie en avançant le menton. Et toi ?

- Non » répond-il en esquissant un sourire. Elle sourit à son tour et le il s'en suit en un fou-rire partagé qui va durer quelques minutes. « Alors on se comprend ! dit Isidore ». Jeannie n'est pas certaine mais elle répond que oui et enchaîne sur l'histoire de sa tante qui s'était mariée quatre fois.

Ils marchent maintenant tous les deux le long de la Seine en regardant les étalages des bouquinistes. Ça va des posters de Bob Marley à de vieilles éditions du Figaro sous cellophane. Leur conversation aussi s'éparpille.

« Tu n'as pas froid ?

- Non, je n'ai pas froid » répond-il en ajustant sur les épaules de Jeannie le châle de coton qui avait glissé. « On se rend jusqu'à la Notre-Dame ? J'aimerais voir les travaux de reconstruction, pour voir comment ça avance...

- Certainement ! »

Isidore raconte qu'il était en visite chez ses parents le soir où la cathédrale a brûlé. La télé était allumée dans la cuisine et personne ne parlait. Sa mère s'était mise à pleurer, inconsolable. « Il y avait dans sa voix les tristesses de sa vie, comme si la cathédrale les contenait toutes à elle seule. Je ne l'avais jamais entendu pleurer comme ça. J'y entendais sa jeunesse, ses espoirs, la perte de mon grand-père, ses déceptions, sa fatigue : tout passait dans le son de ses pleurs, c'était bouleversant. Elle m'est soudain apparue comme une petite fille. À partir de ce soir-là, je n'ai plus jamais vu ma mère du même œil : j'avais senti sa vulnérabilité. Depuis on s'est rapproché beaucoup. »

Jeannie est touchée par ce que vient de raconter Isidore ; les muscles de son cou se détendent malgré la fraîcheur qui descend. Elle se sent plus proche de lui, comme s'il y avait maintenant la possibilité qu'elle puisse raconter des trucs plus personnels.

Ils marchent maintenant sur le pont menant à la Notre-Dame depuis la rive gauche de la Seine. « Je crois que c'est ...Ah non ça ne doit pas être sur celui-ci...

- De quoi parles-tu ? demande Isidore.

- Des cadenas.

- Ah oui, le pont où des milliers de gens ont mis des cadenas, comme pour sceller leur amour... c'est drôle.

- C'est l'autre là-bas je crois » dit-elle en s'arrêtant et en se tournant de profil pour observer le prochain pont. Au même moment, quelqu'un passe en trottinette électrique et la heurte à l'épaule gauche. Elle fait un « aïe » de douleur. Le trottineur continue sans s'arrêter. Elle empoigne son épaule avec son autre main pour contenir son mal.

« Ça va ? » demande Isidore qui lui flatte le dos.

« C'est dangereux, ces affaires-là » dit-elle d'une voix crispée. Devenue craintive, elle rase la rampe. « Ça va, ça va passer... » Isidore laisse sa main sur son épaule même si de toute évidence le choc est passé. « Ah, que c'est beau » dit-elle en regardant les bâtiments tout illuminés sur la voie du quai St-Michel.

Le long de la cathédrale il n'y a que de hauts panneaux gris. Ils ne voient ni la machinerie, ni les échafaudages. À l'arrière, le petit parc est toujours accessible. Ils remarquent a des badauds qui ont l'air saoul et qui rigolent. Un banc est libre, ils s'assoient. « Mon père en fabriquait des comme ça » dit-elle en cognant de ses doigts le dossier. « Mais pas en bois. En plastique recyclé. Au Québec ils sont partout maintenant.

- Tu en parles à l'imparfait ?

- Il est décédé l'an dernier.

- Je suis désolé. »

À la pointe du parc, les trois garçons ivres chantent: « Il est oùùùùùùùùù le bonnnnnnnheur ????? Il est oùùùùù ??? Il est ouùùùùù le bonheur ? Il est saoulllllll » en s'appuyant l'un sur l'autre comme des militaires déambulant au jour de la libération.

Jeannie et Isidore ricanent en retenant le son de leurs rires pour ne rien manquer des subtilités vocales des trois compères qu'ils écoutent attentivement. Isidore fixe sa bouche puis d'un geste rapide mais délicat va poser la paume de sa main droite sur la joue gauche de Jeannie qui regarde dans ses yeux. Il approche son visage et dépose ses lèvres sur les siennes.

Et les trois fêtards y vont encore de plus belle « Diiiiiiiteeeeess-moi......bordel de merrrrrrrrrrrde, il eeesssssttttt oùùùù le bonnnheur il est oooooùùùùùùùùùù ?????? » leurs voix envahissent l'espace au même moment où un silence sensuel naît, à quelques mètres de là. Jeannie recule sa tête de quelques centimètres et fixe les lèvres d'Isidore qui lui, de son regard cherche plutôt à ce qu'elle le regarde dans les yeux. Il réattaque doucement avec sa bouche entrouverte cette fois, elle le laisse faire puis va toucher de la pointe de sa langue la lèvre supérieure du garçon. Il lui dit « tu es belle » puis il prend le visage de Jeannie de ses deux mains comme un fruit que l'on cueille. Elle dégage sa main de son châle pour la poser sur l'épaule carrée de son partenaire. Puis ils s'embrassent longuement. Isidore bouge sur le banc. Elle se trouve penchée vers l'arrière puisqu'il s'est avancé de plus en plus. Elle sent son torse appuyé contre ses seins. Il l'embrasse dans le cou. Elle lui caresse les cheveux.

« Eh, les amoureux, z'en voulez ? » dit un des trois garçons qui s'est approché en titubant et tenant une bouteille sans étiquette. « C'est de la Miraaaaaabelle pure... faite maison... apportée par mon pote d'Alsace... Allllezzzzzzz, alleeezzzzz, insiste-t-il. » Derrière, un des autres dit : « zêtes chanceux.... C'est beau l'amuurrrrrr... Allez un p'tit coup... rien que pour nouuus ». Isidore sourit, il ne veut pas décevoir. Il prend la bouteille, en avale une rasade en grimaçant. « Ou la la... c'est bon mais c'est fort ! »

« Allez, au tour de Mamzelle maintenant.... Iglou ....iiii..glou..... »

« Ah ce qu'elle est belle » dit le troisième qui est plus loin, appuyé sur le rebord de ciment. Il entonne : « Alinnnnnnnne, je t'aimeeeeeee... Alllliiiiiiinnnneee ». Au son de « Aline », la chanson de Christophe, Jeannie se met à rire. Voyant cela, le type en rajoute.... « Et j'aiiii criéééééé, criiiiiéééééé, Aline pour qu'elle revienne ». Du coup, celui qui est devant eux et qui avait repris sa bouteille, la redonne à Isidore et se jette à genoux devant Jeannie en mimant la chanson pendant que l'autre continue d'hurler « Aliiiiiiiine ». Jeannie saisit la bouteille, en boit une grande gorgée, plus qu'Isidore. Grimace. « BRAVO!!! » hurlent les trois compères. Celui qui est devant eux reprend sa bouteille puis donne un bec mouillé dégueulasse sur le front de Jeannie et part retrouver les autres.

*

À l'hôpital Sainte-Iphigénie, Irma vient de bosser douze heures en ligne, hormis trois pauses pour avaler une barre granola, lorsqu'elle peut finalement prendre une demi-heure pour aller manger quelque chose de substantiel. Elle emprunte le long corridor vert pastel jusqu'au département de pédiatrie où la cafétéria est toujours plus tranquille. Jocelyne, la média-maniaque aigrie, rondelette et courte sur pattes est là, seule. Elle porte ses nouvelles lunettes, rectangulaires à large monture noire, assise sur une chaise qui craque en mangeant un yaourt aux fraises, devant la télé allumée en sourdine. Irma lui sourit. Elle aime bien Jocelyne, l'infirmière en chef du département, même si quand elle se met à parler il n'y a pas moyen de l'arrêter, au fond elle est sympathique. Depuis quelque temps, elle est obnubilée par le procès ultra médiatisé de Jimmy Carhurt qui se déroule à Philadelphie.

« Non mais ça se peut-y ? déplore Jocelyne. Elles ont tout fait pour lui et il les poursuit. C'est dégoûtant. Il ne serait même pas sur Terre si elles ne l'avaient pas commandé à cette banque de sperme. En plus, regarde-lui la face, il a tu l'air assez prétentieux à ton goût ? »

Irma hausse les épaules. Elle n'a pas vraiment d'opinion là-dessus, ou plutôt elle n'a pas envie d'en avoir mais elle sait que Jimmy Carhurt poursuit ses deux mères et la compagnie Precious Life car selon lui, en choisissant d'avoir recours à banque de sperme, elles lui ont volontairement imposé de ne jamais connaître son père. Cette pratique contreviendrait aux droits de la personne, il réclame donc cinq millions de dollars. Les compagnies de vente de sperme font depuis toujours signer un contrat d'anonymat aux donneurs et à leurs clientes ainsi qu'une entente de non-divulgation annulant toute demande ultérieure de renseignement sur le donneur, de là tout le débat. Les questions sont nombreuses. Ne serait-ce que celle exprimée par Carhurt au début de l'affaire: est-ce que les donneurs qui vendent leur sperme souhaitent expressément tous, pour toujours, n'avoir aucun retour sur investissement. La formule avait été bien accueillie par ses supporteurs car, disaient-ils, cette image veut tout dire. Cependant l'expression comme telle, « retour sur investissement », apporte de l'eau au moulin à ses détracteurs puisque selon eux, elle démontre bien que l'intention réelle de Carhurt, contrairement à ce qu'il prétend, n'est pas liée à sa quête d'une guérison affective mais à des visées bassement financières et de surcroît, machistes.

« Oh lala, ce n'est pas réglé cette affaire-là », dit Jocelyne en regardant le plafond.

Irma sent son téléphone vibrer. Elle fait un signe de stop à Jocelyne puis fait quelques pas vers la salle adjacente pour aller répondre.

« Allô mon amour...

- Ça va ? tu as l'air tendue ? répond Michèle.

- Non, mais je ne pourrai pas rentrer ce soir, on est vraiment débordé à l'interne. En passant tu sais, je voulais te dire que je me sens tellement mal pour ce qui s'est passé hier soir...

- Mais non, ne t'en fais pas répond Michèle d'un ton conciliant, je comprends... »

Irma reprend : « Tu venais de vivre une superbe soirée, le couronnement de toutes ces années de travail et moi, quand on arrive à la maison, je m'en vais gâcher ça en égoïste. C'est vrai, tu as raison... Ça ne presse pas pour l'enfant... je n'avais pas à te parler de ça à ce moment-là... Je m'en veux tellement.

- Irma, tu t'en fais trop là... T'avais besoin de m'en parler, c'est correct, c'est ce que tu ressens et je ne voudrais jamais que tu t'empêches de t'exprimer.

- Ouain, mais disons que là, j'm'en veux.

- Oublie ça, et aussi ne t'en fais pas si tu dois rester au boulot ce soir.

- Ok. T'es certaine ? J'ai tellement hâte de manger tes aubergines alla parmigiana. »

Michèle répond, avec un sourire dans la voix : « Raison de plus ! Je n'ai pas eu le temps de cuisiner aujourd'hui, je t'expliquerai. J'ai eu des bonnes nouvelles du centre de recherche de Prague. »

Irma sent vibrer son Pagette cette fois.

« Je te laisse, je dois y aller, merci mon amour, je me sens vraiment mieux de t'avoir parlé et je te promets de ne plus te mettre de pression pour le bébé. Bisou.

- Bisou. »

*

Isidore et Jeannie sont en Facetime, comme à tous les deux ou trois jours, maximum. Elle lui dit : « J'aime tellement ça quand tu décris des paysages, tu devrais donner des conférences.

« Ahh... là tu exagères » répond Isidore, flatté par le commentaire de Jeannie qui, rongée par l'envie de lui poser une question précise, fait valser sa poche de thé dans la tasse qu'il voit dans le coin gauche au bas de l'écran.

« Ça me donne envie d'aller te rejoindre » dit-elle en ouvrant grand les yeux.

« Ah, fait-il avec un grand sourire; si tu venais, on resterait quelques jours à Abidjan mais je voudrais surtout t'emmener dans le nord du pays où il y a la nature et les animaux sauvages, la jungle mais aussi les steppes. Pour le véhicule, j'ai accès à un Jeep.

-Ah tu me fais rêver ! Mais avant, c'est moi qui vais te faire découvrir mon pays ! Montréal et Québec... C'est très beau aussi... Mais je le vends moins bien que toi.

- Ne dis pas ça ! interrompt Isidore. J'ai tellement entendu parler du Canada, synonyme de grands espaces et de toutes les possibilités... Et la neige !

- Oui mais là, toi tu vas sans doute venir en été.

- C'est pas grave, j'ai hâte surtout d'être avec toi, dans ton chez toi... Ça fait trois mois que je te vois sur écran.

- Depuis Paris, notre rencontre... Là, je te verrai en vrai ! Je prendrai soin de toi.... On sera bien dans mon cocon, dit-elle affectueusement. J'aurai envie qu'on y reste tout le temps mais je sais que tu viens ici pour autre chose que juste ma chambre, je te ferai découvrir, promis.

- Bah tu sais, je vais te suivre, dit Isidore. C'est toi qui décides ! Au fait, as-tu pu parler au patron du café où tu as tes habitudes le Café Plateau D'or, je crois que c'est le nom que tu m'avais dit ?

- Ah non, pas encore, mais t'inquiète je vais le faire, je vais préparer le terrain. Comme j'ai hâte, dit-elle en roulant ses épaules.

- Bon, ma belle Jeannie, je dois te laisser car il est passé minuit ici et je dois me coucher car j'ai une grosse journée demain...

- Moi je vais me préparer à souper!

- À demain, je t'embrasse.

- Mmmmmm....mmmmouuua » fait-il en se baissant vers l'écran.

Isidore raccroche. Il dit, en se tournant la tête : « Ça va, j'ai terminé. » La porte de la salle adjacente ouvre et Nelson, un garçon du même âge au corps athlétique, est nu avec une serviette autour du cou. Il est en train de lisser ses cheveux et demande: « Je réchauffe notre attiéké d'hier soir ?

- Pourquoi pas ?

- Je ne comprends toujours pas pourquoi tu n'as pas encore dit à cette fille que tu es gay. Évidemment, tu n'as même pas couché avec elle. De toute façon je te connais, je sais que tu n'aurais même pas pu. Vous ne vous êtes qu'embrassés. Deuxièmement, je ne vois pas pourquoi tu continues d'entretenir cette relation-là ? En plus, tu envisages un voyage... Ah…lala... Moi, je m'en fous mais ça se voit qu'elle, elle a des attentes, qu'elle pense à l'amour et qu'elle va vraiment vouloir que tu couches avec...

- Arrête Nel, tu ne comprends pas. »

Nelson se met à rire.

« Tu dis que moi je ne comprends pas ? C'est moi qui vais être obligé de coucher avec ? C'est ça ? Quand elle va venir ici ? Pour sauver son voyage de la catastrophe ? Pour pallier ton manque ... Hahaha ! Tu vas me faire faire le sale boulot…

Les deux se mettent à rire ensemble.

- Moi tu sais que je suis capable, pas toi ! renchérit Nelson.

Et en plus, crois-tu vraiment qu'en te rendant là-bas tu as plus de chances de dénicher des clients qu'en faisant tes démarches simplement par internet ? Ce n'est plus nécessaire de nos jours de se déplacer.

- Quelle question, Nel ! Tu le sais, il n'y a rien comme le présentiel. »

*

Le bureau du cabinet d'avocats où travaille Lucie est superbe. Une fois passé la grande porte d'entrée, on traverse un vestibule au plafond de plus de quatre mètres de hauteur avec au centre une splendide fontaine de bronze post-moderne. Le comptoir d'accueil est fait de marbre blanc zébré d'un brun qui rappelle celui de la fontaine. Quand elle passe devant, Lucie ressent un bien-être. « Les clients doivent ressentir la même chose » se dit-t-elle souvent.

« C'est ouné questionnne dé riispekte (respect prononcé en anglais) pour notre cliennneetéele » lui avait un jour dit son patron, un italo-canadien de deuxième génération.

Travailler dans un lieu esthétiquement irréprochable est préférable, Lucie en est maintenant convaincue et c'est ce qu'elle a compris avec cet employeur. Faire en sorte que l'environnement soit apaisant et chaleureux, ne pas limiter l'organisation de l'espace à de simples paramètres de fonctionnalité ; honorer la beauté des choses et les mettre en valeur est en fait une condition du bonheur. Elle en est venue à se demander pourquoi la laideur des bâtiments est-elle si répandue de nos jours.

Chez Dellini & DaVerdi, les salles de réception sont décorées somptueusement, avec ici et là des colonnes et des mini-statues. Quant aux bureaux des employés, l'aménagement y est laissé à la discrétion de chacun mais dès la création de leur cabinet, messieurs Dellini et DaVerdi avaient voulu s'entourer de professionnels dont le souci esthétique ne faisait pas défaut.

Comme il la trouve tout simplement exceptionnelle et d'une efficacité redoutable dont il ne saurait se passer, Giuseppe Dellini laisse Lucie choisir son propre horaire. Bien qu'elle possède une maîtrise en droit ainsi que son barreau, Lucie n'a jamais cherché à plaider, elle préfère l'arrière-scène. Elle est une arme secrète redoutable pour les associés qui préparent leurs causes. « Vouzzzz êêêêêtttes ouunnne esssprit souperiorre » lui avait dit Giuseppe avant d'acquiescer immédiatement à sa demande de ne travailler que trois jours semaine lorsqu'elle apprit qu'elle était enceinte. Jamais Lucie ne s'est sentie intimidée en sa présence ; il a toujours donné aval à ses requêtes particulières, de même qu'il ne l'a jamais questionnée sur sa façon d'opérer dans les situations professionnelles les plus délicates. « Il faut fairrre connnfianzzze à ceux que l'on aiiimme, sinon à quoi ça sert de vivvrrrre ? »

Attentive aux détails, esthète à tous points de vue, Lucie est sensible au langage. Elle aime la poésie et les phrases bien tournées. Cela ne passe pas inaperçu à son lieu de travail et c'est par cette voie que Marco tente de l'attirer dans ses filets.

Le neveu de Luiz DaVerdi est au pays depuis seulement quelques mois et il est parrainé par son oncle qui l'a embauché à la firme. Il passe le plus clair de son temps au bureau, même les jours de fin de semaine, n'ayant pas encore tissé de liens ni d'habitudes dans sa nouvelle ville d'adoption. Il s'ennuie mais il cultive secrètement une passion pour « la bella Lucia ».

Amatrice d'expressos, « mais pas plus de trois par jours sinon c'est trop », Lucie visite de deux à trois fois par jour la luxueuse cuisine du bureau, digne d'une salle de restaurant cinq étoiles. Elle s'y rend pour son dîner ou pour se préparer un café avec la luxueuse machine, large et profonde, de couleur rouge avec dorures, ornée d'anges ailés. Il s'agit d'une gracieuseté du beau-frère de Luiz qui possède « le » magasin de référence en la matière. C'est dans cette cuisine sophistiquée que Marco lui glisse des billets doux.

La première fois, elle en était restée surprise. Elle s'était dit « c'est une blague ». Ensemble, ils avaient déjà discuté de la pluie et du beau temps comme le font ceux qui partagent le même lieu de travail. Comme il est dit dans la chanson *Le café des trois colombes*: *« La pluie, le beau temps, ça n'a rien de génial / Mais c'est bon pour forcer son étoile »,* ça lui avait effectivement permis de casser la glace et de laisser poindre son sens de l'humour.

Lucie aurait difficilement pu se douter qu'elle était devenue son fantasme car il ne l'a jamais regardée de façon insistante et il n'a jamais fait quelque d'allusion à quoi que ce soit lors de leurs brefs échanges. Pourtant le visage et le corps de Lucie se multiplient dans les rêves éveillés de Marco comme des miroirs sans fin. Sa voix, ses gestes, sa beauté naturelle : tout de Lucie suscite en Marco des mouvements du cœur dignes du vent balayant le blé des sables le long des dunes.

Il sait qu'elle est mariée, il a même rencontré Patrice lors de la fête du bureau, deux semaines avant Noël. Ce soir-là, il croyait qu'il allait s'ennuyer, ne connaissant personne, mais après quelques rasades de grappa, quand les blagues s'étaient mises à fuser le long du bar au fond de la salle, il se sentait aussi bien qu'à une fête dans son village de Toscane. Patrice était assis à côté de lui, riant aussi, les deux faisaient partie de ceux qui ne dansent pas.

Marco pense à Lucie la nuit comme le jour, dans des songes qui propulsent son expérience humaine à de très hauts niveaux. Chaque fois qu'il se touche, c'est en pensant à elle. Il la fait évoluer dans des scénarios très simples où il endosse différents rôles. Par contre il ne lui vient jamais à l'esprit que son besoin de se rapprocher d'elle mérite de mettre en péril la vie de couple de Lucie, de briser sa famille afin de satisfaire, il faut le dire, son désir de la posséder.

La note pliée qu'il lui avait glissée dans les mains la première fois disait simplement qu'il la trouvait d'une grande beauté, que si elle n'était pas déjà engagée dans une relation, il ferait tout pour tenter de la séduire. Elle lui avait écrit une réponse à son tour, mentionnant qu'elle était flattée, que ça l'avait rendue joyeuse durant le reste de la journée car c'était la première fois que quelqu'un lui écrivait de façon aussi élégante. Cela allait donner un élan à Marco. « Je ne fais de mal à personne » avait-il pensé.

« J'aimerais tant poser mes lèvres sur tes seins / À leur seule vue je suis transporté de bonheur au-dessus d'un ravin dont l'abysse insondable recèle autant de mystères que les délices de ma tendre Italie ... »

Généralement, c'est le mardi et le vendredi que Marco lui offre le fruit de ses créations. Il se retient de lui en donner plus souvent car il ne veut pas en émousser les effets. Elle y a pris goût, cela pimente son quotidien. Elle n'a pas du tout l'impression de commettre quelque infidélité que ce soit. Ce ne sont que des mots.

*

Jeudi en début de soirée Irma fait un arrêt chez sa mère à Outremont pour lui apporter sa commande d'épicerie avant de retourner chez elle. Malgré les années qui ont passé et le décès de son mari, Sylvia préfère rester seule dans la grande maison plutôt que d'aller vivre dans ce qu'elle qualifie de cages à poules dorées, ces résidences dites pour personnes âgées où « je me ferais exploiter en payant trois fois trop cher un loyer, puis en étant obligée d'ingurgiter au moins une fois par jour leurs repas fades et infectes, entourée de vieux comme moi qui attendent juste de crever ». Une de ses amies récemment décédées lui a fait promettre de ne jamais abdiquer. Elle n'abdiquera pas. Elle préfère débourser pour quelqu'un qui vient faire le ménage et lui apporter son épicerie. « Y'a toi aussi qui m'en apporte, mais je te l'ai déjà dit, ce n'est pas nécessaire, je m'arrange. » dit-elle souvent à Irma.

« Et en plus, ces places-là sont pleines de vieux rabougris qui s'essayent sur nous les femmes...nah...nah...nah... » avait-elle expliqué à Michèle et Irma par une belle journée ensoleillée, alors qu'elles partageaient un dîner sur la terrasse arrière. « Ici je suis en face d'un parc, je vois des jeunes, des moins jeunes : la vie qui bouge. Les petits qui sortent de l'école viennent souvent me parler. C'est dommage que tout soit orchestré pour nous mettre tous dans le même coin, les vieux, ensemble. Faut que ça se mélange, le monde ! »

La porte est débarrée comme toujours, Irma entre. Sylvia est en train de tricoter en regardant la télé. « Ah ma belle Irma, tu as l'air fatiguée.

- C'est normal ça fait deux jours que je suis de garde à l'hôpital.

- Dans ces temps-là, tu as quand même accès à une chambre, à une pièce pour te reposer, non ?

- Oui, oui. Mais là j'ai hâte de rentrer à la maison.

- Je te l'ai déjà dit, si j'ai besoin de quelque chose, je te ferai signe.

- Moi j'avais envie de te voir, j'ai le droit ?

- En plus, tu vas prendre la route fatiguée, aïe que j'aime pas ça. Prends-toi un thé, ça va te réveiller. »

Irma s'assoie sur le fauteuil en biais de Sylvia qui a éteint la télé.

« Quand je te vois tricoter, j'ai hâte que ce soit pour ta petite-fille, dit Irma.

- Petite-fille ? demande Sylvia.

- Ben oui, Michèle et moi on a pensé que ce serait mieux si on avait une fille....

- Tu le sais, je n'ai rien contre ça cette nouvelle affaire de se commander des enfants, c'est l'évolution…

- Mais vous n'êtes pas pressées, il me semble ?

- J'ai déjà trente-deux ans, maman. Et Michèle, trente.

- C'est rien ça, moi ma mère m'avait eu à quarante ans et c'était en l'an quarante, imagine !

- Vous êtes encore un jeune couple, prenez le temps de voyager, avant de vous embarrasser d'un enfant. Excuse-moi de dire ça de même ! Mais c'est la vérité. C'est la plus belle chose au monde avoir un enfant mais c'est prenant » dit-elle en détachant chaque syllabe avant de déposer ses crochets sur ses genoux. Elle fronce légèrement les sourcils. Irma reprend :

« Voyager, voyager.... je l'ai fait il y a dix ans.

- Oui, d'accord toi, mais Michèle, elle ?

- Michèle elle a toujours étudié.

- Bon, tu vois ce que je dis...

- Non, mais c'est pas ça : c'est plus le fait que Michèle veut tout de suite se lancer dans sa carrière, je suis certaine que c'est juste parce qu'elle est sur l'élan d'avoir terminé sa thèse, je la connais.

- Toi, quand t'as fini ton cours de médecine, t'as été embauchée tout de suite, n'est-ce pas ?

- Oui, c'est vrai. Mais ce qui m'inquiète présentement, c'est qu'il y a un laboratoire à Prague qui lui fait une offre sur un plateau d'argent et elle pourrait travailler à distance. Si elle ne prend pas cette offre toute de suite, il y en aura d'autres après, c'est sûr : elle est au sommet dans son domaine. Il me semble que maintenant serait le moment parfait pour qu'on fasse nos démarches et qu'elle vive notre grossesse.

- « Notre grossesse » c'est drôle que tu dises ça comme ça. En parlez-vous ?

- Ouais un peu, mais l'autre soir ça a viré en chicane.

- Chaque chose en son temps, Irma, tu as toujours été impatiente dans tout. »

Apaisée d'avoir vu sa mère, Irma reprend la route.

*

Pour sa soirée avec Rudolf, Annabelle a tout préparé. Les saucisses merguez sont déjà déposées sur du riz pilaf parfumé au cari dans le four à température minimale. Elle porte sa chemise de nuit rose avec échancrures aux bras, celle qu'il préfère. Le six-pack de Tuborg est au frigo depuis ce matin. Elle vient de se servir un verre de blanc et la télé joue en sourdine une série qu'elle a déjà vue et qu'elle trouve nulle, *Hawaiian Punch*, mais c'est pour les images. Rudolf ne devrait pas tarder.

Le téléphone sonne, c'est sa mère. Elle lui annonce que son frère, Jean-Christophe vient de décéder. L'oncle tant aimé, celui qui amenait Annabelle au parc les dimanches lors des visites familiales et qui la poussait si haut sur la balançoire que ça faisait peur à sa mère. Mais la petite Annabelle riait, riait... Que du bonheur ! C'est lui qui se cachait en dessous des marches en imitant le grognement de l'ours. C'est lui qui avait servi de caution quand, au lendemain de ses seize ans, elle avait vu un garçon en cachette, il était son oncle chéri. Depuis quelques années elle ne le voyait qu'à Noël. « C'est la vie qui nous bouffe » se disaient-ils, attristés de ne pas se voir plus souvent. L'importance qu'il avait dans sa vie ne se mesurait pas à la fréquence de leurs rencontres mais bien à la personne qu'elle était devenue.

Annabelle est inconsolable. Elle pleure à chaudes larmes et raccroche le téléphone sans rien dire. Sa mère était en train d'expliquer ce qui allait se passer, d'un ton détaché : « On va y aller demain... ». Le son de la voix s'était s'éloigné avant de disparaître quand Annabelle a baissé l'appareil vers ses genoux pour couper la communication. Le ton de sa mère, d'une indifférence résignée, lui était insupportable, elle ne pouvait l'endurer une seconde de plus. Un pénible deuil vient de commencer pour elle, juste là, brutalement.

Peu importe la façon dont elle aurait pu apprendre la nouvelle, il n'existait pas de pire personne au monde que sa mère pour lui annoncer : la relation houleuse entre Jean-Christophe et sa sœur tenait son origine dans un passé bien antérieure à la naissance d'Annabelle mais il y a longtemps que cette dernière avait choisi son camp. Elle avait d'ailleurs déjà dû faire un travail intérieur pour ne pas développer de rancœur face à sa mère. Elle lui en voulait pour ce qu'elle avait pu faire subir à son petit-frère. « Mais je ne le faisais pas intentionnellement, il faut que tu comprennes, j'avais sa garde à un moment où je n'étais pas mature », lui avait-elle déjà expliqué. Au moins Annabelle avait eu le courage un jour d'aborder le sujet en lui demandant d'où venait cette distance froide qu'elle sentait entre les deux.

Ses souvenirs défilent à toute allure. Annabelle gémit dans ses pleurs. De ceux qui rendent immédiatement triste quand on les entend émis par un étranger dans un appartement voisin. Elle s'en veut de ne pas lui avoir parlé récemment, mais il est trop tard et elle devra vivre avec. Elle songe à appeler son frère avec qui elle pourrait pleurer, mais telle une bouée lancée à un passager tombé à la mer, il faut faire vite avant que le courant ne l'éloigne trop.

Ça sonne à la porte. Elle court pour ouvrir, les joues détrempées de larmes. Rudolf entre au même moment où quelqu'un passe derrière lui, c'est le locataire du cinquième, le visage étonné à la vue rapide de l'expression déconfite d'Annabelle. Rudolf referme la porte derrière lui, agacé. Elle appuie son visage sur son torse et l'entoure de ses bras mais lui ne réagit pas comme dans les films : il n'a pas le visage attristé ni les bras qui, hésitants, vont entourer la personne chagrinée. Ses bras restent plutôt le long de son corps et ses yeux fixent l'horloge au fond de la cuisine-salon.

« Mon oncle est moooorrrrrtt » dit-elle.

Rudolf sent l'odeur de cari dans l'appartement.

Elle sanglote, il soupire. « Qu'est-ce que tu veux que ça me fasse ? Je ne suis pas venu ici pour ça. »

Silence, sauf le bruit des sanglots.

« Je n'ai pas envie d'entendre ça, ça ne m'intéresse pas » rajoute-t-il en la repoussant lentement.

Elle a le visage défait. Il la regarde et lâche : « Je m'en fous, comprends-tu ? » Les yeux d'Annabelle se ferment et ses pleurs reprennent de plus belle. Le téléphone sonne. « Ça doit être mon frère » arrive-t-elle à dire.

- Oh non, que tu ne vas pas répondre, je ne suis certainement pas venu ici pour rien. J'en n'ai rien à foutre que ton oncle soit crevé. Je n'ai pas à endurer ton chialage. Je suis venu ici pour souper et te fourrer. J'ai faim, et je veux fourrer mais toi tu brailles comme un bebé ? FUCK !!! »

Annabelle se ressaisit un instant et lui répond : « Oui, mais ça ne se contrôle pas ! Je l'savais pas moi que j'allais apprendre ça, là. »

Elle se remet à pleurer. Elle s'assoit sur le coin du divan, la tête entre ses mains en continuant de sangloter. « J'haïs ça entendre une fille qui chiale et c'est pas aujourd'hui que ça va changer. »

Il n'enlève pas ses bottes, se dirige vers la cuisine, ouvre le fourneau, et sort le plat de merguez. « Ça a l'air bon, ça. » Il balaie du regard le comptoir et voit un contenant vide, « Sushis-On-The-Spot » pour emporter (le repas du midi d'Annabelle), plastique ferme à usage unique mais indestructible. Il s'étire le bras, le prend, y verse l'entièreté du plat qui était préparé pour leur souper, il laisse une saucisse, la remet au four. « De toute façon t'auras pas faim. » Il referme le fourneau avec son genou, plie la boîte avec la paume de sa main puis se dirige vers la sortie.

Annabelle n'a pas bronché, toujours assise sur le coin du divan. Elle n'a pas vu ce qu'il faisait (mais elle a entendu la porte du fourneau). Elle a toujours la tête entre ses mains, le haut du corps courbé vers l'avant.

Près de la porte, il dépose la boîte sur la tablette à gants et se retourne. Il va vers elle. « Regarde, je vais te faire oublier ça, moi. Si tu veux que je revienne - parce que là ça me tente juste de ne plus jamais te revoir because tu viens de me scraper ma soirée... Ton affaire-là, c'est pas mon crisse de problème, ok ? Toi, veux-tu que - moi - je passe - quand même - une belle soirée ? Parce que là c'est mal parti. Je te le dis : je décâlisse... Mais avant, si tu veux que je revienne... »

En disant ça, il détache son bouton de pantalon, desserre sa ceinture, baisse sa fermeture-éclair et puis répète : « Si tu veux que je revienne... Parce que je le sais que t'aimes ça avec moi... C'est toi qui veux toujours qu'on se revoit... C'est parce que j'ai pas peur de te le brasser le bucket, moi, hein ? »

Annabelle arrête un instant de pleurer, se relève la tête, le regarde dans les yeux. À ce moment, Rudolf a son membre sorti, à deux centimètres du visage de l'endeuillée. Il le bouge avec sa main droite. Elle ferme ses yeux, le prend dans sa bouche et lui fait une fellation, ce que parfois certains hommes grossiers entre eux décrivent crûment comme « la seule chose qu'une femme sait bien faire ».

*

Michèle attend Irma avec une certaine impatience car elle a faim depuis la pomme qu'elle a mangée à trois heures de l'après-midi mais aussi parce qu'elle a hâte de revoir son visage, comme une certitude, comme une habitude, telle une peinture fraîche que l'on applique à chaque été sur les chaloupes d'un lac de vacances.

Elle est en train de bouger les bûches dans le feu quand elle entend la porte ouvrir à l'avant. Le foyer, situé au fond du salon à deux niveaux, donne sur un grand terrain arrière, face au lac tout blanc, éclairé par la pleine lune. Entre le salon et l'entrée, il y a une salle de séjour aux lumières tamisées, avec une grande table ancestrale au centre, où l'on peut asseoir jusqu'à douze personnes, entre deux bibliothèques et un grand vaisselier.

« Allô mon amour?

- Allllôôô » répond Michèle.

Irma a lancé son manteau sur le banc de bois de l'entrée, elle marche vers son amoureuse en théâtralisant sa fatigue : les deux bras qui tombent lourdement le long de son corps, le dos courbé et la langue pendante. Elle porte l'odeur du froid qui vous suit quand vous arrivez de dehors par les journées de plein hiver. « Prends-moi dans tes bras ». Les deux s'étreignent. *Narrow Daylight* de Diana Krall joue en arrière.

« Ta mère va bien?

- Énergique, comme toujours.

- Avez-vous eu le temps de discuter ?

- Oui. Elle m'a reparlé de ces lumières à l'énergie solaire qu'elle aimerait qu'on lui installe l'été prochain dans sa cour, et la rampe aussi.

- Ah oui, c'est vrai, l'été passé on n'a pas pu le faire.

- C'est pas parce qu'on ne voulait pas mais c'était encore de la faute au sympathique Christian Aubé qui remet toujours au lendemain ses engagements.

- Justement il a appelé aujourd'hui, il viendra demain pour les travaux.

- C'est pas trop tôt, répond Irma.

- Oui mais quand il s'y met, tu sais comment il travaille bien.

- J'ai faim ! Tu nous as préparé tes aubergines alla parmigiana, mon amour ? demande Irma en se dirigeant vers l'escalier pour aller changer de tenue.

- Écoute, non, je n'ai pas eu le temps. J'ai commencé à rédiger ma proposition de projet pour le centre à Prague. J'ai aussi passé pas mal de temps sur Teams avec des gens de là-bas. Par contre je suis allée nous chercher de la belle quiche au fromage chez Mireille aux mille saveurs et je t'ai pris des cretons, ceux que tu aimes, porc et autruche.

- Je t'adore ! » répond Irma au loin.

Le lendemain, après une bonne nuit de sommeil, Irma enfile sa chemise à carreaux rouges et des jeans de travailleur.

« À quelle heure a-t-il dit qu'il arriverait ?

- À dix heures », répond Michèle en robe de chambre, affalée sur le divan du salon et feuilletant un magazine.

Lorsque Irma voit le camion rouge de Christian Aubé tourner dans l'entrée, elle se dirige vers la porte et étend par terre une vielle couverture qu'elle garde dans l'espace de rangement adjacent.

« Bonjour Madame, c'est pas chaud ce matin » dit candidement le menuisier en entrant, un barbu d'une quarantaine d'années aux mains larges comme des raquettes.

« Ça va ? demande Irma d'un ton forcé.

- Ah il le faut, pas le choix ! » répond-il avec un grand sourire.

Les deux descendent tout de suite au sous-sol en transformation.

« Vous deviez venir il y a deux semaines, je ne vous cache pas qu'on a hâte que ça avance.

- Oui, je comprends, je suis désolé mais comme vous avez demandé du merisier de Norvège pour le coin bar, la livraison est plus longue.

- Oui mais là, y'a long et long... Pourquoi ne commencez-vous pas alors par la bibliothèque qui sera fixée au mur ?

- Justement j'allais aborder le sujet : le pin du Colorado que l'on a commandé se fait attendre lui aussi » dit-il, embarrassé.

Christian Aubé est dans le domaine depuis vingt ans et il a bonne réputation. Il a appris son métier, chevillé au menuisier numéro un des Laurentides pendant plus de trente ans, Roméo Ostiguy. Depuis que ce dernier est à la retraite, Christian est très en demande. Débordé, il a récemment accepté que Roxanne, une étudiante en menuiserie, l'assiste à son travail, afin qu'elle apprenne le métier et qu'il puisse éventuellement lui reléguer des contrats, bref qu'elle devienne son associée.

Le timing était parfait: elle s'était manifestée juste au moment où il se rendait à l'évidence qu'il avait besoin de quelqu'un. Et elle avait beaucoup insisté : bien au-delà du simple courriel de présentation accompagné d'un curriculum vitae et d'un deuxième courriel pour le suivi, elle lui avait téléphoné deux fois et s'était même rendue chez lui pour le convaincre de l'embaucher.

Il n'avait pas hésité, même s'il avait toujours travaillé avec des hommes, comme le voulait la tradition. « Y'a pas de mal, les temps changent, on s'adapte : moi, je n'ai rien contre ça » avait-il dit à des copains avant de caler une Molson Export, deux soirs auparavant, au bar Chez Ti-Mé de Saint-Sauveur.

Une demi-heure plus tard, ça sonne à la porte : Roxanne est arrivée.

« J'espère que ça ne vous dérange pas, aujourd'hui, j'ai une apprentie qui m'accompagne.

- Pas du tout » répond Irma avec un large sourire en voyant la future menuisière arriver au sous-sol, les cheveux noirs en brosse et une bague au nez.

Toujours en discussion concernant le délai de livraison, Irma reste de glace devant les explications de Christian. « Ça fait plus de trois mois que la commande est passée, insiste-t-elle.

- Comme je vous l'ai expliqué, ça n'est pas que je veux pas, mais le pin du Colorado est en livraison différée dans tous les entrepôts de la région. Si vous le voulez, on pourrait annuler et prendre le pin du nord de l'Ontario, moins cher. En plus, vous l'auriez la semaine prochaine. Je vous dis ça bien que vous m'ayez déjà dit que pour vous le prix n'avait pas d'importance. Par contre, si vous souhaitez que votre projet aboutisse au plus vite, ce serait ça la solution. »

Silence pesant. Irma a les mains sur les hanches, donnant l'impression que c'est elle l'entrepreneure en rénovation.

Roxanne interrompt le silence : « Si je peux me permettre...

- Oui, dites-nous, mademoiselle, s'empresse Irma.

- Je sais que le bouleau est de moins grande qualité que le pin mais... »

Tout de suite, Christian Aubé s'interpose poliment : « On a déjà parlé de cette possibilité mais mesdames n'étaient pas intéressées. »

- Oui c'est vrai, mais continuez ce que vous alliez dire, chère Roxanne.

- Eh bien, dans mon cours sur la chimie des matériaux on a appris qu'avec les nouvelles techniques de traitement du bouleau maintenant on arrive à une qualité qui s'apparente à celle du pin. Et son aspect rustique n'est pas à négligé, ça crée vraiment un bel effet. Ça ferait beau quand même, il me semble… »

Irma esquisse un sourire.

« Le problème avec le bouleau, dit Aubé, c'est qu'au bout de quelques années, il a tendance à tordre, croyez-moi, même avec les nouveaux traitements. Pour une bibliothèque ou une table à la rigueur ça ne change pas grand-chose mais pour une construction fixée au mur, c'est plus risqué.

- Mais si comme le dit mademoiselle, des nouvelles techniques ont fait leur preuve, je ne vois pas pourquoi on ne pourrait pas essayer ?

- C'est comme vous le voulez, mais à ce moment-là il faudra réviser les plans, dit Christian.

- Eh bien alors.... Pourquoi pas ?

- Ah bon » répond Christian Aubé, étonné. « C'est certain aussi qu'au niveau du prix, et ça je vous en avais parlé, le bouleau est beaucoup moins cher. »

D'un air enjoué, Roxanne dit en direction d'Irma : « Ça, ce n'est pas à négliger non plus, Madame, même si pour vous *money is no object.* »

Irma esquisse un sourire défiant Christian et dit : « La petite n'a pas tort. »

Roxanne se met alors à raconter avec moult détails comment chez sa tante, il y a quelques années, au moment de rénover le sous-sol, il avait longuement été question du choix du bois. Finalement c'est le pin qui avait été choisi pour le plancher, mais pour les tablettes à rangement ainsi que les deux bibliothèques, c'était le bouleau. Aujourd'hui sa tante trouve qu'elle avait payé trop cher pour le pin, que si c'était à refaire, ça serait tout en bouleau.

Christian commence à sortir les outils et préparer l'espace afin d'entamer le travail pour les marches. Il termine, il est prêt à s'y mettre. Il sourit à Irma puis à Roxanne qui continue de raconter son histoire. Il bouge sur place, commence à trouver que c'est long et regarde sa montre souvent. Les minutes passent. Entre-temps Irma s'est appuyée contre le mur, elle pose encore plus de questions à Roxanne qui visiblement est très contente de se raconter et bombe le torse sous l'effet du bien-être de s'exprimer, de la confiance qui naît en elle, comme quelqu'un qui goûte au respect de l'écoute pour une première fois. Christian comprend très bien ce qui se passe mais le temps file et il y a un travail à faire. Il se concentre alors sur la deuxième étape de la préparation en comptant le nombre de vis, de clous que ça prendra, il les aligne le long de la marche du haut.

« La table est tombée dans la piscine avec les verres, les assiettes, la nappe, et touttttt', tout c'qui avait dessus... » continue Roxanne qui raconte maintenant un des après-midis familiaux passés à ladite maison de la tante en question.

Irma rit en désant : « Là, les verres dans le fond de la piscine, c'est pas un cadeau !!! Ça peut percer la toile !!! »

- Ben c'est ça ! » renchérit Roxanne.

Les minutes continuent de passer.

Christian sort son tournevis électrique, il s'apprête à commencer les travaux tranquillement. Il appuie juste une fois vite, comme pour faire un signe que là, il faudrait vraiment s'y mettre. Roxanne ne semble pas comprendre, elle continue de parler. Irma regarde Christian d'un air répréhensible. Elle se déplace tranquillement puis dit : « Je vais vous laisser travailler. Je vais revenir vous voir tantôt » dit-elle en marchant vers l'escalier qui monte à la cuisine.

Quand Irma est rendue en haut, Roxanne dit à Christian « Aïe, excuse-moi, j'étais partie dans la jasette là moi, hahaha...

- Y'a pas de souci ».

Depuis la dernière marche donnant sur la cuisine, Irma se penche pour demander s'ils veulent quelque chose à boire, ce qu'elle n'avait jamais fait auparavant lorsque Christian venait seul. « J'dirais pas non ! » s'empresse de répondre Roxanne au moment où Christian lui tend la perceuse. Quelques minutes plus tard, Irma descend avec deux grands verres de forme tubulaire, remplis à rebord de jus d'oranges fraîchement pressées.

*

Le palais de justice de Philadelphie est situé dans la vieille partie de la ville, près de la fameuse cloche, témoin de la naissance du pays, en 1776. Là où le grand rêve démocratique prenait forme, ou du moins l'endroit précis où il se scellait dans sa première mouture. Il est donc hautement symbolique que le procès de Jimmy Carhurt s'y déroule précisément là, près de deux cent quarante-trois ans plus tard.

Le demandeur réclame un droit, celui de connaître l'identité de son géniteur, la liberté de connaître le nom de son père, de voir son visage et même de lui parler. Parler à cet être humain sans qui il ne serait pas de ce monde, sans qui il ne serait pas ce qu'il est, même au sens physique le plus strict. Peut-être lui flanquer un coup de poing sur la gueule. Ou pleurer dans ses bras ? Ou les deux ? Mais enfin, quelque chose. Rire, crier, s'exprimer.

Les bâtiments sont bas, ils sont d'époque. Tous de briques rouges usées par le temps ; celles qui ont été remplacées par de nouvelles, on les remarque à peine. Les restaurants et les cafés, au profil semi-touristique, semi-chic, servent une clientèle de professionnels du droit, de la politique, mais aussi des visiteurs de partout au pays et de l'international aussi. Aux différents menus, on retrouve des hamburgers au fromage bleu avec de la roquette ou des pizzas à double pâte du Midwest. Il y a aussi des bars à huîtres etc. Les marcheurs se promènent dans la rue avec à la main un immense café latte, de préférence au lait d'amande, avec couvercle de plastique, comme celui que tient en ce moment Olga, l'une des figures dirigeantes du mouvement Pro Love qui manifeste aujourd'hui, défiant le froid humide de janvier, bras-dessus bras dessous avec son alliée, Géraldine, qui tient son thé vert de l'Himalaya, toutes deux fondatrices du mouvement. Une vingtaine de personnes les suivent.

Les veines du cou saillantes, la tête légèrement penchée vers l'avant, Olga scande : « C'est l'amour qui compte ». Derrière elle, un groupe répète en chœur « C'est l'amour qui compte. Pas besoin d'un homme pour ça. » Sur une pancarte, on lit : « Que la vie nous arrive d'une banque de sperme ou d'un homme que l'on sait identifier, ce n'est pas important, ce qui compte après c'est l'amour ». Sur une autre : « Un enfant n'a pas besoin d'un père, il a besoin d'amour. »

« Oui mais la question ce n'est pas ça !!! » s'insurge un téléspectateur, à deux mille kilomètres de là, regardant les événements en direct à la télé. « Deux lesbiennes peuvent aussi commander un enfant d'une tierce mère et du sperme d'un inconnu, élever cet enfant pour quelque temps, puis éventuellement ne plus s'entendre. Le tout tourne au vinaigre et l'enfant est pris là-dedans ! Comme dans le cas d'un couple traditionnel, ce n'est pas mieux.

- Là n'est pas la question » lui réplique son épouse en écrasant une cigarette dans un cendrier à grosses lèvres. « La question c'est de savoir si oui ou non les banques de sperme ont le droit d'interdire les recours éventuels pour connaître la provenance du donneur. »

Devant un micro au filtre anti-pop volumineux, le numéro deux, Géraldine, les cheveux tournoyant dans le vent et les yeux qui par réflexe se ferment à moitié, explique que ce qui compte c'est l'amour.

« Il est affligeant que ce jeune homme qui a été aimé, choyé par ses deux mères qui ont tout donné pour son bien-être, aujourd'hui se retourne contre elles et la compagnie qui leur a fourni la semence dont il est issu. C'est un scandale qu'une telle cause ait pu se rendre aussi loin en justice. On ne comprend pas » crie-t-elle avec rage.

« Depuis des dizaines de milliers d'années les hommes ont abusé de leur pouvoir sur les femmes... Après la conception d'un être humain, traditionnellement, l'homme, le géniteur, bref le mâle, s'en remet à la femme pour l'éducation et les soins de la première enfance. C'est une injustice qui dans notre pays est en train d'être corrigée tranquillement, oui d'accord. Mais sur un autre plan, avec ce qui se passe dans le cas de Jimmy Carhurt, on risque de perdre des acquis et même éventuellement notre droit le plus strict, nous les femmes, de donner la vie sans avoir recours à un homme. Heureusement la science a avancé: aujourd'hui il nous est possible d'avoir un enfant entre femmes. On n'a plus besoin de... » Elle s'arrête soudainement par réflexe de ne pas dire crûment ce qu'elle pense et que ça nuise à sa cause.

L'intervieweur en profite pour poser une question : « Oui mais le sperme, il vient quand même de l'homme ?

- Ouiiiii » réagit Géraldine en faisant un rictus et en ouvrant à peine sa mâchoire. Elle poursuit: « Expliquez-moi pourquoi le mâle, serait-il souverain de la reproduction ? Parce qu'au fond sa semence, elle n'est que semence ! Vous me comprenez ? Après, c'est le corps de la femme qui fait tout le travail. C'est biologique et c'est la vérité. Je vous le répète : si Jimmy Carhurt gagne, il nous sera interdit à nous les femmes de pouvoir obtenir des semences dites anonymes. Cela enfreint même le droit à la vie !!! »

En entendant cela, les supporters autour d'elle redoublent d'enthousiasme. « Pro Love ! Pro Love ! Pro Love ! » scandent-ils.

« La preuve que ça ne tient pas debout, reprend la numéro deux, c'est qu'ils sont légion les hommes qui vont vendre, ou même donner leur sperme gratuitement. C'est tout ce que l'on leur demande, ce n'est pas sorcier. Il y en a beaucoup des hommes, si ce n'est la majorité, qui sont d'accord avec ce que nous revendiquons. Nous en sommes certaines. C'est donc simplement une arrière-garde à la mentalité figée, représentée ici par Carhurt, qui s'attaque au gros bon sens.

- Vous voulez-dire que vous souhaitez que la vente de sperme continue de se faire selon la pratique en cours, c'est-à-dire avec les clauses de confidentialité d'usage ?

- C'est tout ce qu'on demande: le minimum » conclut Géraldine en se reculant brusquement du micro pour créer un impact visuel.

*

Christian Aubé et Roxanne sont partis. Michèle pose son livre ouvert sur le bras du divan et demande à Irma : « Est-ce qu'on va faire une petite sieste avant de descendre en ville pour notre cinq à sept ? » Irma pose son magazine. « Mmmmmm ... je sais pas » avec un sourire feignant l'hésitation. Assise de l'autre côté de l'immense divan, elle se penche lentement... « mmmm » puis elle rampe vers Michèle... « je sais pas... » en regardant le plafond, faisant semblant de ne pas deviner ce qui s'en vient. D'un coup sec, comme un serpent qui bondit sur sa proie, elle se met à chatouiller Michèle qui rit aux éclats, incapable de s'arrêter. Elle se débat, se dégage et puis s'enfuit en courant vers l'escalier. Irma la suit, les deux montent vers la chambre.

Elles roulent l'une sur l'autre sur la douillette blanche en duvet du grand lit comme des anguilles qui font la vrille, s'embrassant voluptueusement. Irma retire adroitement le pyjama de Michèle et descend lentement son visage sur tout le long de son ventre en déposant sa bouche mille fois comme la neige tombant dans une cheminée. En arrivant sur le mont de vénus elle y pose ses lèvres et donne un, deux, trois becs à sec à intervalles réguliers. Cela fait sourire Michèle qui pose ses deux mains sur la tête d'Irma et pousse tout en se remontant pour immobiliser les lèvres de son amoureuse, appuyées fortement sur son mont de vénus. Irma fraye alors avec sa langue un chemin hors de sa bouche par la lèvre inférieure et, dans un mouvement de va-et-vient alimentée de sa salive jaillissante, elle descend vers le clitoris de Michèle qui relâche ses mains puis bascule vers l'arrière dans un mouvement de détente profonde et d'abandon à l'être aimé. Les deux bras maintenant bien en haut de sa tête, au-delà des trois oreillers pêle-mêle qui jonchent la tête de lit. Irma, de toute sa bouche, décharge son affection pour celle qui la possède, qui l'aime et dont elle veut un enfant. Le plaisir monte. Michèle respire de plus en plus fort, elle laisse aller de petits cris. Irma ralentit le rythme. Michèle avec ses jambes serre le cou d'Irma qui continue de plus belle en glissant deux doigts à l'intérieur avec la cadence voulue, la vague tant attendue, « ce qu'un homme ne saura jamais faire parfaitement car il ne sera jamais une femme » lit-on dans des correspondances féminines érotiques. Et puis c'est la porte sur l'éternité, ce moment où plus rien n'atteint ni la réflexion, ni la logique; l'instant où le siège éjectable est propulsé avant que l'aéronef n'explose et que les restes tombent, flambant comme des dollars fraîchement gagnés au casino. Il est un point de fuite à toute chose. Michèle se souvient subrepticment de *L'origine du monde*, une peinture de l'entrejambe féminin de Gustave Courbet. De ce cloaque divin, tout part, tout vient, tout y naît et tout y dort : tout arrive à la vie. « Je t'aime » dit-elle, juste après. Irma lui caresse les deux jambes avec ses avant-bras puis ses mains si douces.

Moment de détente.

Michèle étire son bras vers la table de chevet et sort du tiroir un objet de caoutchouc rigide en forme d'obélisque, attaché à un harnais fait d'un tissu élastique large qu'elle enfile par les pieds jusqu'au-dessus de ses hanches pendant qu'Irma glisse vers le bout du lit, dresse son buste, le regard vers le plafond pour remettre de l'ordre à ses cheveux. Ensuite elle laisse le haut de son corps tomber naturellement vers l'avant, s'arrêtant avec ses mains sur le matelas pour ramper comme une louve au-dessus de son amour et arriver à la hauteur de la bouche et plonger sa langue dedans avec fougue. Ce faisant, Michèle ajuste son fessier en le bougeant de gauche à droite pour bien aligner les étoiles et l'obélisque pointant vers les moiteurs encloses d'Irma.

Toute émoustillée, Irma ferme ses yeux. Elle sent entrer en elle tout ce que devient Michèle. La science a des droits, la magie de la vie aussi.

Michèle, les yeux grands ouverts, scrute les expressions qui passent comme des nuages en accéléré sur le visage d'Irma dont le plaisir envahit le corps pour s'emparer de l'âme. Souffle court. Le corps qui tremble. Michèle agite son bassin. La partie supérieure de l'obélisque, dont la base est appuyée sur son pubis, se répercute exponentiellement au plus profond d'Irma qui souhaite en fait depuis toujours que de n'exister que pour ces moments-là et elle n'est pas la seule.

Michèle s'agrippe aux seins d'Irma qui lance des cris gutturaux comme des glaces en débâcle. Puis les nuages en accéléré deviennent un ouragan avec des passages rapides du blanc au rouge puis au rosé. De petits cris conjugués qui envahissent la pièce. Puis c'est le silence qui suit, immense. Se savoir aimé. Quelques minutes passent, une somnolence.

Froissement délicat de draps.

« On part dans une demi-heure ? suggère Michèle.

- Oui, ok. Lucie va arriver plus tard mais Jeannie et Annabelle seront déjà là.

- Alors je saute dans la douche ! » dit Michèle en se glissant hors du lit avec ses coudes.

*

Abidjan. Il est dix heures du matin quand Isidore, debout devant sa porte, aperçoit la voiture de Mariam tourner le coin de la rue. Il regarde vitement sa montre à bracelet doré. Il descend les marches le séparant de la rue. « C'est parfait » lui dit-il en ouvrant la portière. Ils en ont pour environ deux heures de route avant d'arriver à Azdopé où une rencontre d'affaires est prévue en fin de matinée. Ils seront de retour à la capitale en fin de journée.

Mariam travaille avec Isidore depuis peu mais ils se connaissent depuis l'enfance. Elle a des compétences organisationnelles exceptionnelles et un diplôme en comptabilité. Lorsqu'ils se sont croisés par hasard l'an dernier devant le restaurant L'Ambroise dans le quartier Mercory elle lui avait mentionné son intention de retourner sur le marché du travail : « mes enfants entrent à l'école, maintenant c'est bon ». Deux jours plus tard il lui téléphonait pour lui demander de devenir son adjointe.

Les fenêtres de la 304 Peugeot son baissées. Rapidement, ils ont dépassé les limites de la ville. Devant eux, la route de terre orangée est pratiquement déserte. Un camion devant eux les ralentit. « Tu veux vraiment aller au Canada, demande Mariam ?

- Les possibilités sont infinies. Le modèle d'affaires à l'américaine que je vais proposer aujourd'hui à mon partenaire d'Azdopé n'y est pas étranger. Ça fait déjà quelque temps que je te parle de ce projet à long terme.

- Oui mais tu sais que là-bas leur approvisionnement en café s'appuie sur un système déjà rodé alors qu'ici, juste à côté de nous, au Bénin par exemple, la chaîne Le Goulayant prend de l'expansion, tu devrais viser ça plutôt, non ?

- Ça aussi j'y pense, ma chère Mariam, mais pour l'instant comme on en a parlé cette semaine, je veux que l'on se concentre sur la structure de notre plan d'exportation vers le Canada.

- Décidément, quand tu as quelque chose en tête, toi, tu ne l'as pas dans les pieds. »

Le chemin est cabossé et les secousses fréquentes. Isidore révise à voix haute avec Mariam ses données pour le pitch de vente de tout à l'heure. Ils arrivent près d'un barrage militaire. Les contrôles près de la frontière ghanéenne sont fréquents. Mariam arrête la voiture. Quand le militaire se penche pour leur demander leurs papiers, une forte odeur de sébum et de transpiration envahit l'habitacle. Il porte une mitraillette en bandoulière, une barbe éparse, des lunettes fumées miroir, des gros bras tatoués, la voix grave et rocailleuse. À une autre époque, on eût dit qu'il affichait les traits d'une masculinité très marquée.

À entendre son accent, Mariam reconnaît tout de suite d'où il vient. Son dialecte à lui, elle le parle aussi, sa famille étant de Bondoukou. Les deux échangent quelques blagues, Isidore comprend plus ou moins ce qu'ils se disent. Le militaire donne une tape amicale sur le toit de la Peugeot puis ils reprennent la route.

« Jeannie, c'est bien ça son nom ? demande Mariam. Est-ce qu'elle veut venir ici ?

- Bien sûr, mais moi je veux aller au Canada avant, question de faire des démarches commerciales là-bas.

- Et Nelson, qu'est-ce qu'il dit de ça ?

- Eh bien Nel, on s'en fout !

- Vous vivez ensemble, quand même !

- Oui mais je fais bien ce que je veux. Pour lui c'est pareil.

- Vous êtes bien en couple ?

- Oui, oui, oui, répond-il d'un ton blasé. Qu'est-ce que ça fait ? Et puis Jeannie, quelle preuve ai-je de ce qu'elle fait là-bas ? Une fois qu'elle a éteint son écran, elle peut bien avoir un ou même plusieurs hommes dans sa vie ?

- Oui mais ça n'est pas pareil. Toi, de toutes façons, je te connais, tu ne voudras jamais coucher avec elle. Est-ce que tu lui as dit qu'elle ne joue pas dans la même équipe que toi ?

- Pourquoi devrais-je lui parler de ça ? Les femmes ne pensent pas qu'au sexe à ce que je sache ?

- Non, mais tu devrais quand même savoir que c'est ce à quoi elle s'attend.

- Je ne sais pas moi. Pourquoi faudrait-il absolument que ça passe par le sexe ? J'ai beaucoup d'affection pour elle… Ça s'est développé au fil de nos Facetime, voilà tout.

Mariam lui lance un regard incrédule.

- C'est comme si tu l'utilisais. Tu veux faire des contacts commerciaux avec des gens là-bas ? Ok. Mais comme par hasard, c'est juste après l'avoir connue à Paris que tout d'un coup tu as pensé au Canada… Et là, tu veux lui laisser croire qu'il y a vraiment quelque chose entre vous.

- Mais il y a quelque chose entre nous ! Tu ne sais pas ce que je ressens pour elle, tu parles à travers ton chapeau. Ce n'est pas parce qu'elle veut venir ici, visiter la Côte d'Ivoire ou qu'elle veut m'accueillir chez elle, qu'elle pense au sexe. Tu juges ma relation. Qu'est-ce que tu en sais, toi ?

- Je suis une femme, voilà pourquoi !

- Ça, ma chère, ça ne veut rien dire.

- Bon d'accord. Maintenant, qu'est-ce que tu vas faire s'il n'y a qu'un lit chez elle ?

- Je le sais déjà qu'il n'y a qu'un lit. Je vais dormir à côté d'elle, tout simplement.

- Qu'est-ce que tu vas faire si elle te fait des avances ? »

Au moment d'écouter la question, Isidore voit le panneau indiquant Azdopé.

- Bon, on arrive, il était temps » dit-il.

Il déplie la carte de la ville et reprend son rôle de co-pilote.

« Bon là, tu vas tourner ici... »

*

Au même moment, à huit mille kilomètres de là, au bar du Chat Perdu... « Voyons donc, Annabelle, ça n'a pas de bon
sens ! » dit Jeannie éberluée. Du groupe, elles sont les premières arrivées. Elles attendent leurs cosmopolitains.

« Je ne peux pas croire que tu ne l'as pas envoyé promener...

- Au contraire, je le comprends : il vient chez nous pour une soirée de sexe et quand il arrive dans le cadre de porte, je suis là à brailler comme une Madeleine ! Sa réaction a été normale et sincère : ça le faisait chier, il n'avait pas envie de se taper ça, il me l'a dit et il est parti. Point. Je préfère ça à un autre qui n'aurait pas eu le courage de me le dire, qui serait resté et qui serait devenu tout mielleux, na, na, na, na, na…

- Mais cet autre qui aurait eu de la compassion pour ce que tu vivais, pourrait lui aussi être un bon amant !

- Je crois pas, c'est soit l'un, soit l'autre. Tiens, voilà le petit nouveau qui arrive avec nos drinks.

- Ils sont fort en alcool, fait remarquer Jeannie.

- C'est comme ça quand c'est lui, dit Annabelle. C'est bizarre parce que d'habitude le débiteur, ou le « cockring » comme on dit, au goulot de chaque bouteille, calcule exactement une once et quart. Les barmans ne peuvent plus y aller selon la tête du client comme avant.

- Pour une fois que c'est à notre avantage…

« Il a un beau petit cul en plus » ajoute Annabelle en le regardant s'éloigner. Et Jeannie d'enchaîner : « Il a dû jouer soit au football ou au soccer quand il était petit celui-là, et pas juste un été ! »

Les deux s'esclaffent.

Annabelle continue son histoire : « Ce que je disais, c'est que je ne pouvais pas forcer Rudolf à rester là à m'écouter brailler ! »

Jeannie la regarde avec sa tête qui fait signe que non, se balançant de gauche à droite, découragée de ce qu'elle entend : « Mon dieu qu'on n'est pas pareilles : moi je trouve ça déplorable et égoïste. C'est comme s'il allait te visiter vraiment juste pour se vider, excuse-moi de te dire ça froidement mais c'est ça. Sa façon d'agir, c'est juste un manque de respect total.

- Voyons donc, tu analyses trop » répond Annabelle.

« Allô les filles ! » C'est Lucie qui arrive, suivie en même temps par les tourterelles des Laurentides. Ça y est, elles sont les cinq réunies. Gros becs de part et d'autre. « Trois Cosmos, pleazzzze » demande Lucie d'une voix sexy au serveur qui passe près d'elle.

« Ça te va vraiment bien, ce gilet » dit Annabelle à Lucie. Elles se mettent à discuter ensemble. De son côté, Irma demande à Jeannie si elle s'est décidée pour les dates de son voyage en Côte d'Ivoire. « Non, c'est lui qui va venir ici en premier. »

Quant à Michèle, elle s'immisce dans la conversation entre Lucie et Annabelle : « Moi aussi j'aime beaucoup le cachemire... »

L'ambiance de l'apéro bat son plein dans la lumière mauve et tamisée du Chat Perdu. Aux commandes du bar, on monte le son de la musique. Le volume des conversations augmente aussi. Lucie fait semblant de se boucher les oreilles; Irma s'approche et lui dit que selon elle, le fait de parler plus fort, sans non plus devoir crier, permet de s'exprimer avec conviction, comme si l'omniprésence la musique servait de bouclier et que les tenanciers d'établissements à débit de boissons savent cela et en tirent profit.

« Hi Barbie....Hi Ken..... You want to go for a ride ?......... »

« WooooW.......fait Annabelle, j'adorrrrrre cette chanson, on va danser ? » Elle prend Michèle par la main qui la suit. Irma lui dit avec un sourire quand elle la frôle: « je déteste cette chanson » ... Michèle répond : « moi j'écoute juste le rythme ! ». Irma reste avec Jeannie. Lucie aussi va danser .... *« I'm A Barbie Girl, In The Barbie World............... You can brush my hair........ Undress me everywhere.... Imagination, that is your creation ... Come on baby, let's go party..... Oooohaooo..... Oooohaoooo...»*

Michèle fait le twist en pliant ses genoux et descend jusqu'au sol.

« Come on Baby.....Let's go party !!!!!! » Annabelle et Lucie se chantent les paroles, face à face, en se brassant les seins... *« You can touch..... You can play.... If you say I'm always yours........ »*

*

Il est quinze heures au nord d'Azdopé. Mariam sort du coffre la boîte contenant la machine à café qu'Isidore compte offrir en gracieuseté à Mouloudji. Les deux sont en conversation à une dizaine de mètres de là, près des trieuses. « Si je veux faire affaire avec vous c'est parce que la qualité de vos grains est absolument exceptionnelle, croyez-moi, je m'y connais. Le système que je vous propose est basé sur le même principe que celui mis en place par les producteurs maraîchers de la vallée San Joaquin en Californie, ils atteignent des sommets en termes de quantité et de qualité de production. Ce que je vous propose, c'est un programme clé en main. On s'occupe de la cueillette, de l'empaquetage et de la vente. »

Mariam se dirige vers une table extérieure qui semble être celle des employés. Elle y dépose la boîte puis va rejoindre Isidore et Mouloudji qui les invite à l'intérieur du bâtiment. Une femme approche avec un bébé endormi dans ses bras, elle dit quelque chose à voix basse à Mouloudji.

Isidore reprend: « Ce que je vous promets, c'est que ce modèle vous permettra de ne plus avoir à négocier les prix, moi je vous garantis d'aller chercher la valeur maximale pour votre grain de café. »

Mouloudji, un colosse de deux mètres au regard doux, porte une camisole blanche. Il écoute Isidore mais se fout des détails : il marche au feeling. Il a déjà prévu de lui dire oui. Il l'écoute parce que c'est plus simple de ne pas avoir à l'interrompre mais au fond il ne veut pas connaître le comment du pourquoi. Ses caféiers l'ont toujours fait vivre et il aime les voir pousser : il est millionnaire à sa façon. Le matin quand il va tâter le pouls de ses terres, avec l'odeur du sol et la sensation de son corps qui tranquillement se délie pour s'approprier la journée à venir, il se sent comblé. Il a ses huit enfants et une femme qui l'aime, donc ça va. Il flaire que ce que lui propose ce garçon est correct et il veut l'encourager car dans sa gestuelle, Isidore ressemble à son deuxième fils. Il se dit que si au bout d'un an il n'est pas satisfait, il changera c'est tout.

« Mon projet est d'exporter vers le Canada et de créer une niche pour notre produit. Je sais que ce type de café que vous avez ici, n'a pas son égal là-bas. J'ai fait quelques recherches en amont et bientôt je me rendrai sur les lieux. Bien sûr, je vous tiendrai au courant des développements. Entretemps, vos grains seront torréfiés et vendus à la mairie d'Abidjan dont j'ai le contrat exclusif pour tous les bâtiments administratifs. »

L'idée que Mariam lui a soumise plus tôt a déjà fait son chemin car il rajoute : « Je compte aussi approcher la firme Le Goulayant, au Bénin.

- Ok » répond Mouloudji qui sourit des yeux mais le bas de son visage reste impassible.

« C'est votre épouse avec votre enfant qui étaient là tout à l'heure ? demande Mariam.

- Oui, il est très malade, il va mourir.

- Oh ! » réagissent spontanément les deux visiteurs.

Silence.

« C'est comme ça, on ne peut y rien faire. Il ne lui reste que quelques jours à vivre.

- Nous sommes vraiment désolés, dit Isidore.

- Ça va, moi j'essaie d'encaisser le coup... C'est plus pour ma femme : elle ne le prend pas. Elle a plus de cœur que moi. Bon... » Il pose les mains sur ses hanches, marche lentement vers la sortie, suivi de Mariam et Isidore, mal à l'aise.

*

Annabelle revient à la table, toute enjouée. « J'ai soif ! » Irma l'interpelle : « En tous cas toi, j'ai assez hâte qu'on te trouve un gars qui a du bon sens. Jeannie m'a raconté le dernier épisode avec ton... Il s'appelle comment donc ?... En tous cas lui, il ne vaut pas cher, hein ? Mais surtout, Annabelle, vraiment je t'offre mes sincères condoléances pour ton oncle. Je me souviens que tu m'avais déjà parlé de lui, tu l'aimais beaucoup.

- Oui, merci. C'est correct, j'encaisse le coup. Mais tu vois Irma, pour revenir à Rudolf, ce que j'aimerais, c'est que mes amies ne le jugent pas. Si ce n'était pas ce que je voulais, je m'enlèverais de là, ne t'en fais pas : je ne suis pas accrochée à lui. J'ai la cote encore pas mal tu sais, dit-elle en faisant un clin d'œil.

- Dans le fond, on veut juste que tu n'hésites pas à nous dire vraiment comment tu te sens là-dedans…

- Eh bien, moi je te dis que la compassion et les bons sentiments, ce n'est pas ce que j'attends de lui. On a du sexe, il est un peu bête, *rough and tough*, c'est tout.

- Un peu ? En tous cas, me semble qu'il y a des limites, tu lui as fait une gâterie même après ce qu'il venait de te dire ?

- Eh oui ! Sais-tu quoi, Irma ? Moi, les hommes je les aime comme ça. »

Quelques chansons plus tard, Michèle et Lucie reviennent de la piste de danse en sueur. Irma et Annabelle ont poursuivi leur conversation dans la même veine. Irma dit : « Regarde Lucie, avec son chum, elle a du bon sexe -et- une complicité amoureuse.

- De quoi ? demande Lucie, vous parlez de moi ?

- Ben oui, je disais à Annabelle comment Patrice et toi...

Annabelle l'interrompt :

- On ne compare pas les pommes avec les oranges, le beau Patrice est une exception, c'est un ange...

- Bon ! Tu vois ce que je te dis ! » en profite Irma.

Et Annabelle de conclure :

- Pour Lucie c'est pas pareil !!!

- Pourquoi ? demande Irma. »

Annabelle répond simplement en roulant ses yeux vers le plafond.

De son côté, Michèle est en grande conversation avec Jeannie : « En gros, ce que j'ai réussi à prouver c'est qu'en se penchant sur les relations très complexes entre les escargots, car ils en ont, comme tous les animaux d'ailleurs, on découvre qu'il existerait pour l'humain des pistes de solutions, dans le domaine de la reproduction du point de vue biologique d'une part, mais aussi dans celui des conventions sociales qui en découlent. Comme l'escargot a la capacité d'alterner entre la production d'ovules et la production de sperme, il semble évoluer dans une organisation sociale égalitaire et variable selon ses besoins.

- Parlant de ça, comment ça avance votre projet d'avoir un enfant?

- Irma a très hâte, moi aussi. On va regarder ça de plus près pour les banques de spermes. Le seul hic c'est que pour le moment je n'ai envie de me concentrer que sur ma carrière, battre le fer quand il est chaud. J'ai tellement bûché pour pondre ma thèse. Après ma soutenance, il y chercheurs d'autres universités qui m'ont contactée, notamment celle de Prague.

-Ah oui ?

-On m'offre de me joindre à une équipe pour un tout nouveau centre de recherche en sociobiologie appliquée.

- C'est vraiment à la fine pointe ton affaire ! Tu me perds un peu dans tout ça mais je t'écoute.

- Pour en revenir à ta question concernant notre projet, disons plus personnel, enchaîne Michèle, on en parle mais la dernière fois ça a mal tourné... Irma a vraiment la fibre maternelle et elle se sent prête. On a convenu que c'est moi qui porterai l'enfant. Et je le veux ! Mais moi je dis : pas maintenant . On n'est p a s p r e s s é e s, dit-elle en actant le sens de ces paroles.

- Je suis certaine qu'elle peut se mettre dans ta peau, répond Jeannie. Tu aurais dû la voir elle, Irma, quand elle a eu son diplôme. Elle avait hâte de devenir prospère. Je me souviens qu'elle utilisait précisément ce mot. Maintenant qu'elle l'est, elle voit ça différemment pour toi.

- Concernant le surtemps, ils ne lui donnent pas tellement le choix, intervient Michèle.

- Non mais tu comprends ce que je veux dire…

- Oui, justement Irma insiste beaucoup sur le fait que sur le plan financier nous n'avons pas de soucis, son salaire suffit largement pour nous deux. C'est vrai. Là n'est pas le problème, je suis consciente que c'est une chance que l'on a. »

Irma les rejoint et entoure Michèle de ses bras.

« Voudrais-tu devenir marraine ? » demande-t-elle à Jeannie.

*

Mariam et Isidore se regardent, complètement décontenancés d'apprendre la mort imminente de l'enfant qu'ils viennent de voir, il y a quelques minutes, dans les bras de sa maman.

Le bruit des coqs devient de plus en plus intense quand, au sortir du bâtiment, ils passent dans une partie connexe dont la porte est ouverte. Il y a un grand bureau en bois, un coq est là qui picore autour de la chaise. Dérangé par leur arrivée, il passe entre Isidore et Mariam pour sortir. Mouloudji s'assoit lourdement. « Vous me faites signer quelque chose alors ? » dit-il en prenant un crayon de style fusain, mal aiguisé.

- Si vous préférez, je vous laisse regarder tout ça dit Isidore ?

- Non, non c'est bon.

- Vous êtes certain ?

- Ça va, je te fais confiance, mais pour un an, si je ne suis pas satisfait, j'annule tout.

Isidore lui tend le contrat, Mouloudji ne le lit pas mais il écrit en gros en haut de la feuille « Pour un an » puis il signe au bas.

- Vous verrez, on fera de belles choses ensemble, dit Isidore. Mouloudji lève sa main, l'air de dire « c'est bon, c'est bon », las de la situation.

- Je reviens dans deux semaines pour que l'on se fasse un calendrier.

- Ok. »

Le téléphone filaire sur la table sonne, Mouloudji répond : « Ah, c'est toi, ok attends ». Il fait un signe de la main pour saluer ses deux visiteurs qui se retirent. Mariam a l'air égaré, elle est complètement bouleversée à la pensée du petit garçon qui va mourir.

La cuirette des sièges de la voiture est brûlante. En tournant le volant pour quitter l'entrée de terre battue vers la route non délimitée, Mariam balaie du regard toute la propriété et s'arrête un instant sur la boîte contenant la machine à café, posée sur la table extérieure. Elle a la soudaine impression qu'elle restera là longtemps cette boîte, et qu'en fait la machine à café qu'il y a dedans ne servira jamais.

*

Au Chat perdu, les spéciaux du cinq à sept sont terminés. Le *girls club* se sépare pour la soirée : Irma et Michèle ont repris la route vers Saint-Sauveur, Annabelle est rentrée car elle anime une formation demain; Quant à Lucie et Jeannie, elles décident d'aller manger ensemble.

En passant devant le Five Guys, Lucie dit : « le nom de ce restaurant fait penser à l'amour en groupe. »

Elles s'arrêtent à une pizzéria quelques portes plus loin.

« Tu penses beaucoup au sexe ces temps-ci ? demande Annabelle.En tous cas, quand je te regardais danser tout à l'heure, c'est tout comme....

- Écoute, je crois que je sais pourquoi...

- Vraiment ? Dis-moi tout !

- Attends, la serveuse arrive.

- Une moyenne végétarienne à croûte mince s'il vous plaît, avec deux verres de rosé maison; une seule facture, merci. »

La serveuse note le tout et retourne vers la cuisine pendant que Jeannie s'ajuste sur sa chaise, elle est toute ouïe.

« Tu sais, au cabinet où je travaille, c'est chic, c'est italien... Tu étais venue il y a longtemps me rejoindre là-bas, tu te souviens ?

- Bien sûr.

- C'est aussi pas mal « la familia » ... Un des proprios a fait venir son neveu d'Italie...

- Ah, je te vois venir...

- Arrête, c'est sûrement pas ce que tu penses. Simplement, ce gars-là s'appelle Marco...

Jeannie sourit malicieusement.

- Arrête ! Patrice l'avait même déjà rencontré au party de bureau. »

Jeannie continue de regarder Lucie avec un air dubitatif.

« Arrête je te dis !!! Toujours est-il que ce jeune homme a flashé sur moi et il m'écrit des petits mots coquins...

- Hon.... Jeannie fait rouler ses yeux.

- Oui ma chère. Au début c'était juste pour me dire qu'il me trouvait de son goût, qu'il ne voulait surtout pas être déplacé mais que je l'inspirais et il me demandait s'il pouvait m'offrir des poèmes ... Wow ! »

Les deux verres de vin arrivent. Elles se décollent de la table pour que la serveuse puisse les déposer.

Lucie poursuit: « Moi je me laisse aller là-dedans... C'est le meilleur des mondes pour moi parce que de l'autre côté avec Patrice je suis bien : je l'aime. Avec les enfants ça va bien aussi et en plus il me laisse dormir les matins de fin de semaine. Je ne sais pas comment il fait pour dormir si peu mais en tous cas pour lui ça marche. On a nos petits moments à nous. Il se tient en forme et ça paraît. Je ne vois pas quand ni comment ça pourrait changer, il est toujours au garde à vous ! Il est prévenant mais ce n'est pas un romantique. C'est correct, je ne me plains pas, mais avec les petits mots de Marco du bureau, c'est la cerise sur le gâteau ! » En disant ça, Lucie s'étire pour attraper la ganse de sa sacoche et, tout en gardant sa tête droite et ses yeux dans ceux de Jeannie, elle sort un papier de couleur turquoise, plié en quatre. Elle le tend à Jeannie dont les yeux s'écarquillent comme s'il s'agissait d'un cadeau qui lui était destiné... Elle le déplie et commence à lire : *« Oh comme j'aimerais t'emmener avec moi en bateau sur la mer Égée/ Nous partirions du petit village où je suis est né et nous glisserions sur l'eau comme les étoiles qui ouvrent les rideaux sur la nuit / Nous dormirions sur des îles désertes / J'irais te montrer Santorini, la magnifique, tu voudrais y rester pour la nuit / Nous y dormirions dans des draps de satin blanc avec la brise de la mer qui caresserait nos visages ...*

- Oh my God... c'est du romantique bonbon, tranche Jeannie. C'est carrément à l'eau de rose, t'as raison.

- C'est mielleux, mais j'aimmmmme ça. Ça me fait voyager...

- Comment se fait-il qu'il écrive aussi bien le français ? Il est fraîchement débarqué d'Italie, pourtant ? »

- Oui. Le plus drôle c'est que quand il parle il n'a pas vraiment d'accent.

- Et s'il faisait juste copier ces textes d'un autre livre ? »

Jeannie dit ça avec un air taquin, en fronçant les sourcils. Lucie a envie de sourire mais cela a semé en elle, pour une fraction de seconde, un doute. Elle répond : « Apparemment, sa grand-mère était française. Elle lui faisait lire les fables de La Fontaine quand il était jeune, c'est comme ça qu'il a appris. Ça serait moche de découvrir que ça n'est pas de lui, ça me surprendrait quand même. »

- Voyons, Lucie, je te taquine, c'est sûrement de lui. Je ne voulais pas péter ta bulle. »

Jeannie continue : « *Je commencerais doucement par caresser tes pieds / Puis mes mains monteraient lentement le long de tes jambes / Je les découvrirais, émerveillé, comme un aventurier qui foule le sol d'une île paradisiaque / Je les couvrirais de baisers / Arrivé à la hauteur de tes genoux, ce sont mes joues qui ouvriraient le chemin / Tout mon visage caresserait le haut de tes cuisses comme un chat frayant son chemin entre des coussins / Puis mes épaules toucheraient maintenant le haut de tes genoux / Mes mains auraient atteint ton bas ventre / Le bout de ma langue n'aurait qu'une seule envie / Je la suivrais, avec tout le désir que tu m'inspires / Je la laisserais d'abord donner, par ses mouvements délicats, de nouvelles formes éphémères aux portes de ton palais...* »

La serveuse arrive, tenant la pizza d'une main, de l'autre elle tasse la corbeille de pain qui est au centre de la table, écarte la salière et la poivrière puis elle dépose l'assiette de grès ronde surélevée de quatre courtes pattes de bois. « Voiiiiilà ! Bon appétit. » « Merci ! » Elle repart. Avant de pousser la porte battante de la cuisine, elle se retourne puis jette un dernier regard vers la table pour vérifier où en sont ses deux clientes avec leur rosé, ce qu'elle avait oublié de faire, distraite qu'elle était de voir l'une des deux lire à l'autre une lettre écrite à la main, on ne voit plus jamais ça. Le contenu des verres est pratiquement intact ; elles n'en ont bu qu'une gorgée.

« Mmmmm... elle a l'air bonne... » dit Lucie.

- Il faut dire « elle a l'air bon », reprend Jeannie.

- Je ne suis pas certaine, car ici on peut remplacer « a l'air » par « paraître ». Avoue comme moi que ça ne marche pas, il me semble ? C'est le féminin qui devrait l'emporter sur le masculin...

- Bahhh, ne nous enfargeons pas dans les fleurs du tapis. Bon appétit » conclut Jeannie juste avant d'engloutir sa première bouchée.

« C'est chaud !!! Mmm... Elle est effectivement délicieuse. Bon, tu continues ? On dirait que quand c'est quelqu'un d'autre qui me le lit, ça me fait encore plus d'effet...

« Il disait : *Je la laisserais ma langue, d'abord donner, par ses mouvements délicats, de nouvelles formes éphémères aux portes de ton palais / Des formes changeantes comme les couleurs du ciel avant la naissance du jour / Détendues et fuyantes dans leur abandon / Puis elle oserait ses caresses un peu plus loin / Où des forces contraires l'épouseraient dans une bienveillance sécurisante et chaude / Puis, telle une vague obéissant à la marée montante / Ma langue honorerait ce moment / Comme pour s'approprier l'immensité du temps...* »

- On dirait que ça vient d'une autre époque, tu ne trouves pas ? Les Italiens sont des romantiques, ça n'est pas un mythe. Lui, en tous cas, il l'est.

- C'est sensuel en titi son affaire. Moi j'ai tendance à penser qu'il va s'essayer vraiment à un moment donné, même si tu lui as dit que ça devait en rester là, un gars c'est un gars. Qu'est-ce que tu vas faire s'il te fait des avances concrètes ?

- Je ne le sais pas, je ne pense pas à ça pour l'instant. Je ne me casse pas la tête. Ça me fait me sentir belle, tu t'imagines bien. L'autre soir avec Patrice, quand on faisait l'amour, je pensais à ces mots-là, écrits par Marco. »

Deux heures plus tard, Lucie arrive chez elle en voiture. Elle choisit de se garer dans la rue en biais de la maison car elle a remarqué la petite couche de glace qui recouvre l'entrée en pente et elle déteste avoir à sortir de sa voiture quand c'est comme ça.

Elle entre dans la maison endormie et remarque un rayon de lumière dessous la porte menant au sous-sol. Elle s'approche, descend les marches lorsqu'elle aperçoit Patrice de dos, au fond de son atelier, la tête penchée vers l'avant avec le bas de son dos qui fait un va-et-vient. Elle se penche pour regarder de côté. Il est en train de se masturber entre les seins d'une poupée gonflable. C'est un choc pour elle.

Elle l'observe, stupéfaite. Il ne sait pas qu'elle est là. Les yeux fermés, Patrice fait basculer sa tête vers l'arrière et de ses deux mains il enserre son membre entre les seins de la poupée, dodus et mous. Enduits de lubrifiants, ils reluisent sous la lumière orangée de 60 watts. Le va-et-vient s'accélère. Il entend une marche craquer, fait un saut, se retourne d'un coup sec en laissant tomber la poupée. « Ah, je t'ai pas vue arriver ! » Son visage tourne au rouge écarlate en une fraction de seconde. « Qu'est-ce que tu fais ? » demande Lucie choquée en marchant lentement vers lui. Sous l'entrefaites, Patrice se cogne solidement le coude sur le coin de l'établis, il grimace de douleur. « Rien, rien » ... En arrivant à côté de lui, elle regarde par terre la poupée bimbo. Les deux sont immobiles. Lucie le dévisage.

« Ben oui » se résigne-t-il à lui dire.

« Pourquoi tu ne m'as jamais demandé de faire ça avec moi ?

- Voyons Lucie, c'est pas ça, tu le sais combien je te désire...

- Mes seins sont pas assez gros, c'est ça ? Pis comment ça, t'as ça cette poupée-là ?

- Ah, *come on* Lucie, y'a rien là, je ne suis pas en train de te tromper...

- Eh bien, moi je le prends comme ça. Oui parce que ça veut dire que ça te manque des gros seins comme ça, pis que tu voudrais le faire avec une autre fille. C'est ça que ça veut dire !!!

J'ai reçu du bureau ce prototype de Multiplying Forces pour vérifier la qualité de l'alliage de plastiques utilisé. Tu le sais que c'est ce que je fais dans la vie...

-HAHAHA... Pis t'oses me dire ça en plus ! Tu t'en sors bien, hein ? C'est la meilleure façon de tester la poupée, je suppose ?

Elle se penche, ramasse l'objet pour le rapprocher de son visage.

« Pis t'as mis notre lubrifiant parfumé en plus !!!

- Ah, écoute Lucie...

- Non, non, je veux savoir pourquoi ? Ça me fait de la peine

Patrice! »

Elle se met à pleurer. « Je pensais que je te comblais...

- C'est pas ça...

Silence.

- C'est quoi d'abord ?

- Y'a pas d'explication, j'avais juste envie de me crosser dans la poupée, c'est tout.

- J’te donne pas assez de sexe c'est ça ? réplique Lucie.

- Non, c'est pas ce que je dis... »

Lucie enlève son chandail et dégrafe son soutien-gorge pendant que Patrice dit « non, non, non ». Elle se met à genoux devant lui, remonte sa poitrine et lui dit « Envoye, prends-les mes seins !!!... T’aime pas mieux des vrais ??? »

- Lucie.... Lucie... Lucie... » dit-il en se baissant tranquillement pour s'agenouiller, les yeux mi-clos en face d'elle. Il la prend dans ses bras, il sent des larmes couler dans son cou. Il est ému de la voir si désemparée, il pleure aussi. Les deux se serrent fort.

*

Michèle est seule dans la grande maison. Devant le miroir embué de la salle de bains du deuxième, emmitouflée dans un peignoir blanc acheté par Irma au Marriott à Ottawa, elle se toise et se trouve « pas si mal » dit-elle à voix haute. Elle a une serviette entourée autour des cheveux qui donne l’allure d’un énorme chignon. Les mains sur les hanches, elle se tient on dirait comme entre parenthèses. Le téléphone sonne en bas. Elle n'hésite pas et descend vite vers le grand divan près du foyer, « si ça a raccroché tant pis ».

« Allô ?

- Bonjour Michèle, est-ce que Irma est là ?

- Ah, bonjour Sylvia ! Non, Irma est à l'hôpital. Elle est sur un soixante-douze heures depuis hier.

- Ah... bon eh bien tant pis, je la rappellerai, ça ne pressait pas. Toi, comment ça va ?

- Ça va super bien, je décompresse après le dépôt de ma thèse.

- Bravo encore, ma belle Michèle !

- Merci, merci... Pis vous comment ça va ?

- Ah bien quand on est vieille comme moi, y'a pas grand-chose qui change: toutes les journées se ressemblent. Par contre j'ai hâte à la fin de l'hiver pour pouvoir sortir plus. Ma santé est bonne, à part mes jointures qui élancent mais ça, je vais toujours être pognée de même. Quand l'été va arriver ça va aider...

- Ah ça c'est certain. Au fait, en parlant de cet été, c'est sûr qu'on va pouvoir aller s'occuper de votre galerie...

- Ah, ne t'en fais pas avec ça ma fille, dans le temps comme dans le temps. Irma se fait du sang de cochon avec ça, je lui ai dit que ça ne pressait pas.

- On vous a dit qu'on s'en occuperait, on va s'en occuper !

- Vous avez des vies déjà tellement chargées, je comprends très bien. Irma a mis ça sur le dos du pauvre gars qui n'avait pas encore reçu sa commande de bois, ce n'était pas de sa faute à lui.

- Justement, avec lui les travaux ont repris ici dans le sous-sol il y a deux jours.

- Je ne voudrais pas prendre plus de ton temps, ma belle Michèle, mais en tous cas je t'encourage dans ton affaire. Je sais que tu as travaillé très fort sur ton sujet. »

Au moment de dire ça, elle entend le bruit d'une machine expresso.

Pendant que son café coule, Michèle tasse de ses doigts les miettes des graines tombées sur le comptoir en leur donnant une forme de monticule.

« J'attends justement des nouvelles.

- Peux-tu m'en dire plus ?

- Vous êtes curieuse, Sylvia...

- Veux-tu bien me dire à quoi ça me servirait de continuer à vivre si je ne m'intéressais pas aux autres personnes, surtout à celles près de moi ?

- Je suis sur le point de signer un contrat avec l'université de Prague pour la mise sur pied d'un centre de recherche conjoint entre la faculté de droit et celle de biologie.

- C'est fascinant. Tout ça avec tes escargots ?

- Hahaha, oui c'est ça !

- Je n'en reviens pas comment la science avance. La faculté de droit ? Quel est donc le lien avec le domaine de la justice ?

- On est dans la recherche fondamentale… Il semble que chez les escargots, l'ambivalence du sexe amène la permutation des rôles, il n'y a pas de père défini ou de mère définie. Dans leur organisation sociale, le genre n'importe pas.

- Oui mais nous ne sommes pas des escargots ? s'esclaffe Sylvia.

- Effectivement. Sauf que dans les nouvelles sphères de recherche en biologie, les avancées permettent d'explorer des similitudes génétiques infinitésimales entre l'humain et les êtres vivants de d'autres règnes afin de pouvoir agir directement, comme par exemple dans la lutte contre le cancer ou différentes pathologies qui affectent le genre humain. Ça c'est pour les applications disons médicales. Quant aux applications dites sociales, elles sont à venir. Tout ça ne dépend pas uniquement de moi évidemment, mais les résultats de ma recherche ont été consultés par un certain professeur en droit matrimonial, Hektor Karroff, qui épluche semble-t-il depuis toujours les publications de partout à travers le monde et il a manifesté le souhait que je me joigne à leur équipe.

- Impressionnant... Saurais-tu me dire, d'où cet intérêt pour les escargots t'es venu ?

- C'est très simple : l'escargot est hermaphrodite.

- Ah bon ?

- Il est à la fois mâle et femelle.

- Ça me fait penser à Irma quand elle était jeune, dit Sylvia d'un ton amusé. »

Michèle reprend : « Toute petite, je trouvais injuste que les garçons soient des garçons et que les filles soient des filles. Pourquoi ce dictat ? Aujourd'hui il est possible de changer de sexe, d'accord. Mais encore ? Le problème reste entier. Il y a la prison de la masculinité et la prison de la féminité.

- Oui mais tu es consciente que ça n'est pas une prison pour tout le monde ?

- Bien sûr que ça n'est pas une prison pour tout le monde. Le mot est fort j'en conviens, vous avez raison, mais je voulais simplement illustrer jusqu'où cela devient contraignant parfois et comment cela tend à poser les bases de hiérarchies oppressantes. Pourquoi faut-il encore que l'on en soit là ?

- Tu as raison, acquiesce Sylvia.

- On sait que le monde est en partie bâti sur cette différence : c'est une limite. Pourquoi est-ce une limite ? Car cette condition crée forcément des disparités et des inégalités de toute nature, ce qui est à l'origine de bien des souffrances partout dans le monde. Chez l'escargot, le métabolisme s'est transformé au fil des générations pour en arriver à une certaine perfection très enviable.

- Je trouve ça fascinant, chère Michèle.

- Or, nous les humains, on pourrait -et je ne dis pas que je sais comment- mais on pourrait en arriver plus vite à cette perfection grâce aux sciences appliquées, en passant par la transformation physique des êtres humains. Et on pourrait d'abord commencer par calquer le modèle social de l'escargot sous divers aspects.

- Ça va loin ton affaire, dit Sylvia.

- Je résume mais en gros c'est ça » conclut Michèle en bougeant les coussins du divan du salon avant de se laisser choir en regardant le lac tout blanc sous la lumière éclatante du matin.

« J'en profite pour vous dire combien je vous apprécie, Sylvia. Quand je suis arrivée dans la vie d'Irma, vous m'avez tout de suite accueillie comme si j'étais votre propre fille.

- Je considère cela juste normal.

- Dites-moi, je me suis souvent demandé, quand avez-vous appris qu'Irma préférait les filles ?

- Ah ... Elle était très jeune quand ça s'est manifesté, elle devait avoir six ou huit ans. Ça ne m'a pas dérangé du tout. Je l'ai encouragée dans ce qu'elle était. J'ai toujours fait ça et comme tu le vois, ça continue encore aujourd'hui. Mais dis-moi, pour en revenir à ce que tu me racontais, qu'en est-il de l'attirance pour le sexe opposé ? »

- Rien ne change » répond Michèle du tac au tac.

Sylvia reprend : « Dans ta façon de me l'expliquer, peut-être que je me trompe, mais il me semble que ça pourrait être perçu comme une volonté d'abolir les différences ?

- Non, ce serait plutôt une façon de les décloisonner pour éventuellement pouvoir les permuter afin qu'elles ne soient plus la base d'inégalités. En tous cas, chez l'escargot ça semble fonctionner.

- Oui, oui je comprends très bien... Mais une question me vient à l'esprit : est-ce qu'au fond cette volonté d'accélérer le cours de l'évolution, je dirais de l'évolution normale de l'espèce humaine, notamment dans le fonctionnement sociétal entre les sexes, ne viendrait-elle pas tout simplement d'une peur, celle d'assumer sa différence ?

- En fait, dans votre question Sylvia, j'y trouve une réponse, quand vous dites « avoir à ». Justement, pourquoi faudrait-il ? Pourquoi cette obligation de définir la nature des sexes ?

- Peut-être simplement parce que nous ne pouvons fuir qui nous sommes réellement ? Mais je comprends sur quoi s'appuie ta réflexion -très brillante d'ailleurs- et je devine ce que tu vas me répondre : pourquoi avoir à se définir ?

- Voilà, c'est ça... En fait se définir soi-même est nécessaire mais ne serait-il pas souhaitable de ne pas avoir à le faire pour un rôle genré que l'on se croit obligé d'endosser ? Et que ce rôle soit plutôt, à la base, dégagé de toute origine, masculine ou féminine ? »

Sylvia, assise dans sa chaise berçante près de la fenêtre donnant sur la cour arrière enneigée, sent soudainement la fraîcheur provenant de la fenêtre sur son avant-bras et ça lui est très agréable. Elle rajuste la couverture sur ses genoux.

« Je te demandais ça, Michèle, parce que dans ma vie il s'est passé bien des choses pas catholiques, comme on dit. J'ai l'impression que j'ai agi comme il fallait. Je ne le regrette pas aujourd'hui mais disons que j'ai de la misère à considérer ce que tu dis sans penser au fait que l'attirance entre les sexes est pour moi à la base du bonheur, je dirais même une raison de vivre. C'est à tout le moins ce que j'ai pu constater, ce que moi j'ai vécu. J'aurais donc tendance à penser que d'honorer les différences n'est pas une mauvaise chose en soi, on parle pour parler. Je ne suis pas contre ce que tu dis mais... comment t'expliquer... En tous cas, il faudrait que toutes les options restent ouvertes ! Je dois te dire qu'au cours de ma vie, parmi les belles choses qui m'ont le plus marquée, parmi les moments où je sentais la vie vibrer en moi, je crois que....

- Y'a pas de problème, Sylvia, je suis ouverte à tout. Je ne vous juge pas, jamais je ne vous jugerai.

- Ok alors je vais te raconter une des choses auxquelles je fais référence... Même Irma ne le sait pas, je crois... Je ne sais plus si je lui avais raconté ou pas... Qu'importe, c'est arrivé. Je ne sais plus exactement quand mais c'était avant que je rencontre son père. »

Elle reprend, lentement: « Comme tu le sais, j'ai été professeure de mathématiques pendant trente-cinq ans. Durant les douze premières années j'étais à St-Isidore-de-Clifton, pas loin des lignes américaines. »

Michèle retourne se préparer un café en prenant soin de ne pas faire de bruit afin que Sylvia ne pense pas qu'elle ne l'écoute pas attentivement.

« C'était dans les Appalaches, ah que c'était beau là-bas : les montagnes, les vallons, les ruisseaux... Je travaillais dans une école secondaire, pas exactement une école de rang mais presque. J'enseignais aux élèves de troisième, quatrième et cinquième secondaire. J'avais des classes de dix, quinze ou vingt élèves. Une année, dans ma classe de secondaire quatre, il y avait un garçon qui s'appelait Réal. Il était rustre pour son âge et très réservé. Sa mère était décédée quand il n'avait que quatre ans. Il vivait seul avec son père, un agriculteur solitaire qui veillait aux besoins de base de son fils mais sans plus. Entre eux la communication était très limitée.

Puisqu'il vivait sur une ferme assez loin du village, Réal n'avait pas l'occasion de sociabiliser beaucoup. Son père n'avait pas eu d'autres femmes dans sa vie, il n'en cherchait pas. On ne le voyait jamais, il envoyait son fils faire les courses au village. Réal était toujours habillé pareil avec ses jeans Wrangler et sa chemise brune à carreaux. Il devait les laver tous les soirs ou presque car ils n'étaient jamais sales. N'empêche qu'il portait toujours la même chose, ce qui faisait rire les autres élèves de la classe. Pourtant si c'est propre, c'est ça qui importe, non ? Entre nous, qu'est-ce que ça peut bien foutre qu'il ait toujours le même pantalon et la même chemise sur le dos, hein ? Veux-tu bien me le dire ? dit-elle d'un ton fâché. Mais… chez les adolescents l'apparence est très importante. S'il y avait eu une présence féminine à la maison, c'eût été différent, il aurait sans doute eu plus d'une chemise. Enfin, c'est un autre débat...

Toujours est-il que le petit Réal, je dis « petit » mais en fait il était costaud pour un garçon de quinze ans. Il avait deux amis garçons avec qui il discutait souvent ; ils se tenaient les trois ensemble, entre les cours et sur l'heure du dîner. Tu sais, quand on est prof dans un petit milieu comme celui-là, on voit tout ce qui se passe... Réal rêvassait en regardant une des élèves, il semblait complètement attiré par elle. Il essayait de lui parler mais elle riait de lui et un groupe de quatre filles ensemble se liguaient pour se moquer de lui. Il n'avait pas trop l'air de s'en faire mais je voyais qu'il insistait auprès de la gamine qui l'intéressait. Il lui avait même écrit un petit mot, qu'elle n'avait pas gardé pour elle, elle était plutôt allée le lire pour la première fois, tout haut devant ses amies, c'était disgracieux. Je voyais tout ça se dérouler devant mes yeux.

Quand le printemps est arrivé, les deux amis de Réal se sont acoquinés chacun avec une fille de la bande mais pas lui... La fille vers laquelle il était attiré avait montré une certaine ouverture mais elle se serait sentie jugée par ses copines si elle avait cédé aux avances de celui qu'elles appelaient « le Cro-Magnon » ou encore « l'homme des cavernes » donc elle s'y refusa. Le pauvre Réal semblait vraiment peiné de cette situation. Vraiment. Il en souffrait. C'est comme si le manque de présence féminine dans sa vie devenait vraiment une torture. Non seulement il n'avait plus sa mère mais pas l'ombre d'une femme n'avait mis les pieds chez lui depuis onze ans et en plus, les seules filles qu'il côtoyait à l'école le repoussaient méchamment avec la mesquinerie typique dont elles sont capables à cet âge.

Tard un après-midi, juste après le son de la cloche, les élèves quittaient et moi j'effaçais le tableau quand en me retournant j'ai senti dans l'expression de son visage, qu'il était à la croisée des chemins. C'était comme un pressentiment, en un instant j'ai cru voir ce qu'il pourrait devenir : soit il laissait naître en lui une répulsion, éventuellement une détermination à maudire les femmes, soit il se fermait tout simplement à ses émotions pour s'isoler, devenir terne, distant de ses désirs dans la résignation à ne point trouver d'écho à l'expression de ses désirs. Tout était là. Je me souviens d'avoir décrit cela à des collègues à l'époque, ça me fendait le cœur.

Quelques jours plus tard c'était la fin des classes. Les élèves avaient quitté le local. Le groupe m'avait remis une carte, signée de tous. J'étais en train de la lire quand Réal est revenu. Il a cogné puis il est entré dans la salle. « Est-ce que je peux vous parler ? » J'ai répondu oui. Il a refermé la porte, s'est approché de moi et il m'a dit :
« Je voudrais toucher vos seins ? ». Ses yeux étaient injectés de sang. Il était au bord des larmes. Et en même temps, je sentais le désir bouillir en lui comme un tsunami. Je l'ai regardé dans les yeux un moment. Tout allait vite dans ma tête. Je pensais à toutes les conséquences possibles de mon geste éventuel. Je transgresserais le code professoral, je pourrais perdre mon emploi. Ce n'est pas que je me sentais en danger physiquement, par rapport à lui, ou même émotionnellement, du fait qu'il aurait pu m'agresser ou que j'aurais pu m'amouracher de lui, ou vice-versa, pas du tout. Ces questions ne m'effleuraient même pas l'esprit. Mais je sentais sa détresse. Sa détresse de connaître l'autre sexe. En l'occurrence, la femme. J'avais devant moi l'équivalent d'un chat en plein hiver à moins vingt-cinq degrés qui pleure à la porte : tu ne le laisses peut-être pas entrer chez toi mais tu lui donnes au moins du lait, quelque chose à manger.

Je te dirais qu'à ce moment-là, j'ai choisi d'obéir à l'essence de la vie. J'ai déboutonné lentement ma chemise qui a glissé de mes épaules. Très lentement. Il me fixait. Jamais on ne m'avait regardé comme ça. J'avais l'impression d'incarner la survie de l'être humain. Comme si tout dépendait de la vue de mes seins, telle une promesse de continuer à vivre. J'ai dégrafé mon soutien-gorge, je l'ai enlevé délicatement. Ses yeux se sont écarquillés. Il s'est approché encore plus. Sa main droite m'a touchée d'abord, elle a effleuré le côté de mon sein gauche puis ensuite avec son autre main, mon sein droit. Il a versé une larme. Il a tâté mes seins, puis ses attouchements sont devenus des caresses.

Ça a duré comme ça un moment puis il s'est penché pour les embrasser. Je l'ai laissé faire. Je pouvais lire dans ses yeux la découverte émerveillée de l'inconnu, comme celle d'un nouveau continent, de la complémentarité, de ce que physiquement lui n'aura jamais. Il y avait là, dans ce moment précis, une énergie brute, une réelle pulsion de vie. Il embrassait mes seins comme s'il assouvissait une faim qui le torturait et je l'avoue ça me procurait du plaisir.

- Wow, c'est superbe ce que tu décris là, Sylvia.

- Pour moi, ce n'était pas du tout malsain, immoral ou illégal. Tout se résumait à l'instant présent. C'était beau et c'était une délivrance pour lui.

J'avais les deux mains appuyées sur le bureau derrière moi, je me tenais le dos arqué, je lui offrais ma poitrine - en pâturage - quoi !

Je te raconte ça parce que je pense qu'il y a quelque chose de beau, de sain, de merveilleux dans l'attirance d'un sexe pour son contraire et dans tout le décorum autour de ça. Oui, d'accord, les concepts de masculinité, de féminité qui y sont rattachés semblent issus d'un déterminisme que les uns ou les autres voudront forcément renverser un jour. Ce sont des concepts qui ont fait souffrir assurément et causé du tort mais au-delà de ça, les différences physiologiques entre l'homme et la femme, ça a aussi engendré du bonheur ! Ça a fait rêver, ne serait-ce que ça. Et permis de repousser les limites de l'imagination parfois jusqu'à des prouesses inouïes... Imaginer, se surpasser pour atteindre l'autre qui est morphologiquement différent de nous... Le séduire, conquérir son admiration et cetera. Suis-je trop romantique

Michèle attrape la balle au bond :

- Bien sûr. Mais du même coup, ça n'empêche pas d'imaginer que si chaque individu évoluait sans définition rattachée à ses particularités anatomiques, sans doute les rapports qui existent entre les êtres seraient plus équitables, voire plus enrichissants ?

- J'aime beaucoup discuter avec toi Michèle...

- Raconte-moi la suite, qu'est-ce qui est arrivé à Réal ?

- Après une vingtaine de minutes, il m'a remerciée puis il est parti. Quelques jours plus tard, quand je suis revenue à l'école il m'avait laissé un message disant qu'il passerait à trois heures, qu'il aimerait me parler. Je ne devais plus être là car dès midi j'avais terminé le rangement de la classe avant de quitter pour l'été et ne revenir qu'à la fin du mois d'août mais j'étais restée pour le voir. L'école était vide, mes collègues avaient quitté aussi déjà. Il est arrivé en shorts noirs avec un t-shirt vert. Il m'a dit qu'il voulait s'excuser pour l'autre jour. Je lui ai répondu que c'était correct, que ça resterait secret entre nous mais qu'il ne devait pas s'attendre à rien de plus de ma part et je lui ai dit de ne pas s'arrêter au refus qu'il avait vécu avec sa camarade de classe. Je lui ai suggéré bien humblement une ou deux techniques d'approche en lui répétant qu'il avait tout ce qu'il fallait pour plaire aux femmes.

Cet été-là il travaillait pour son oncle dans le village voisin et là, il a connu une fille qui est devenue sa copine pour quelque temps. Elle était de deux ans sa cadette. Vers le milieu de l'été je les ai vus ensemble près de la rivière, ils se cachaient. Je suis allée les voir, je leur ai dit qu'ils pouvaient utiliser mon appartement quand je n'y étais pas, pour leurs moments intimes en toute discrétion, s'ils le voulaient. Je leur ai donné un double de ma clé. Ils ont rougi. Ça me faisait plaisir. Cet été-là j'étais souvent à Montréal chez ma mère ou chez Gilles, mon amant de l'époque. Je n'allais que rarement au village.

Quand l'école a repris, Réal commençait son secondaire cinq. Il avait une nouvelle chemise et de nouveaux jeans qu'il allait porter toute l'année encore, eh oui... Puisqu'il avait eu une petite amie durant l'été, qu'il avait eu ses premières relations intimes, bref qu'il commençait à s'épanouir de ce côté, il dégageait une certaine aura, disons ça comme ça. Alors évidemment, celle qui s'était refusée à lui quelques mois plus tôt, maintenant elle était attirée et cherchait à le séduire. Lui, il n'en voulait plus. »

*

« Clong, clong, clong... » : le bruit du métro sur les rails. Il reste encore huit arrêts avant la station près de chez Rudolf où Annabelle va descendre pour aller le visiter, en ce samedi de fin février. Elle lui envoie un message texte pour confirmer : « Je vais arriver dans trente minutes. » Il répond illico : « Ah, merde j'avais oublié que tu venais. Là, je suis avec des amis, on regarde un match de soccer.

- Ça finit quand ton match ?

- Il vient tout juste de commencer, donc dans environ deux heures.

- Ah, ... tu m'avais oubliée ?

- Ben j'y pensais plus, je croyais que c'était demain.

- C'est pas grave j'irai me balader dans les boutiques en attendant.

- Ok. »

Annabelle est contrariée mais elle se dit qu'elle en profitera pour papoter au téléphone avec Jeannie qui essaie de la rejoindre depuis deux jours.

En sortant du métro, il pleut. Redoux hivernal. Elle entre tout de suite dans la pizzéria qui est en face d'elle, à quelques pas de chez Rudolf qui habite au troisième étage d'un bloc de six logements. La lumière est blafarde dans ce mini-resto plutôt du style comptoir à livraison. Il y a certes deux petites tables mais elles sont coincées entre l'entrée et le comptoir du fond, derrière lequel se tient le patron qui jette par intervalles un regard sur la télé fixée dans le coin du plafond au-dessus de la porte. « Maaaadrééé Mia, il va encorrré sé faireeee détrrouuurirrre » dit le patron absorbé par la diffusion d'un match de boxe.

« Est-ce que je pourrais rester ici et juste prendre un café ? » demande Annabelle.

- Mais biennneee sourre Mademoiseeellllee » dit-il avec des yeux tout ronds. « Mais je n'ai qu'o njkuné maccina esspressso » ajoute-t-il avec un magnifique accent italien.

« Pas de problème !

- Ounnnne po dé lait avec ça ?

- Oui, s'il vous plaît. »

Le chef cuisinier regarde la scène de loin et se dit que si Annabelle eut été un garçon, le patron n'aurait pas affiché le même enthousiasme. Il note la gestuelle fluide, le visage qui s'illumine et une ambiance de légèreté qui s'installe. C'est qu'il en retire quelque chose que cette personne de sexe opposé soit là, comme une une sorte de bien-être subtil.

Annabelle met son manteau sur le dossier du siège, l'homme s'approche pour déposer la tasse fine de céramique italienne sur la nappe blanche carottée rouge. Annabelle se sent bien accueillie. Elle ne prend pas tout de suite son téléphone; elle regarde par la fenêtre la pluie tomber sur la neige et les trottoirs gelés. Elle tient la tasse de ses deux mains comme pour se réchauffer et murmure « fait pas chaud ici ».

Le match de boxe bat son plein à la télé. Le patron et le cuisinier, qui a la tête dans l'embrasure de sa cuisine, hurlent à chaque coup que donne Franco Finaldi puis s'indignent quand il en reçoit un de son adversaire. Annabelle semble perdue dans ses pensées. Elle songe à l'analogie évidente entre le sport professionnel et les luttes dans la vie, au travail, en amour, en société. Elle voit ce proprio de pizzéria, dégobiller sa haine contenue en capsules gutturales dirigées vers la télé. « Vaut mieux ça finalement que de frapper sur les gens » pense-t-elle. Puis elle songe à ces stades immenses conçus pour les sports d'équipe avec ces milliers de gens qui crient. Elle n'a jamais eu le moindre intérêt pour les sports professionnels, « quelle perte de temps ». Elle se dit qu'elle n'a pas besoin d'une vie en parallèle.

Finalement ça la fait royalement chier d'attendre, planquée là, que Rudolf et ses potes finissent d'écouter leur match.

Ça y est, l'adversaire Michael Rogers est au plancher, après seulement trois rounds ! « Uno, due, tre !!!! » hurlent en cœur le proprio et le cuisinier en tapant sur le comptoir en synchro avec l'arbitre. Déjà vaincu - ou presque - l'ennemi. Ça rapporte d'être le plus fort, pense Annabelle. Il recevra des hommages et des faveurs de toutes sortes car il sera celui debout sur le podium. Il sera le coq le plus craint de la basse-cour. Les gens vont lui sourire dans la rue.

Et encore, à grands coups sur le comptoir : « Cinque, sei, sette... »

Au même moment, un homme dans la mi-trentaine entre. Il porte des souliers de cuir chics, beiges et pointus. « À ce temps-ci de l'année, même avec de la gadoue partout ? » pense Annabelle. Il ne porte qu'une veste de cuir d'été ouverte sur sa chemise de lin rose, fraîchement rasé, une odeur de parfum Gucci le suit : la classe. Cheveux noirs, fournis et bouclés. Le patron, sans même le regarder, s'adresse à lui en italien sur un ton familier. Ils se connaissent, ou enfin c'est un client régulier de toute évidence, pense-t-elle. Annabelle ne comprend pas l'italien mais juste par l'intonation, elle devine que le patron lui annonce que Finaldi va gagner et qu'il arrive juste au bon moment. Il s'appuie sur le comptoir, se retourne pour regarder la télé et aperçoit Annabelle dans son coin. Il lui sourit, ses lèvres prononcent « buongiorno ».

Elle a devant elle trois hommes, aux yeux rivés sur la télé située en plein au-dessus de l'endroit où elle est assise ... « Trionfo ! » Ils crient de joie, se font des « hi five ». « Finaldi Campione » le cuisinier disparaît dans sa cuisine pendant que le client discute avec le patron en italien et lui remet un billet de vingt dollars. Ce dernier lui rend la monnaie, le cuisinier revient pour lui donner le carton contenant la mini pizza. Annabelle regarde la scène, elle ne peut s'empêcher de penser que le client est sûrement homosexuel, vu sa chemise rose et son allure très soignée. Elle se dit que c'est un préjugé mais « parfois l'habit fait le moine » et aussi « il est Italien et les Italiens sont raffinés ».

« Arrivederci » dit le patron, accompagné d'un signe de la main, puis le client se dirige vers la sortie. Il esquisse un sourire en direction d'Annabelle en train de texter à Jeannie : « Qu'est-ce que tu fais ? »

Jeannie est dans son bain, rempli de mousse. Elle a le pied qui dépasse, appuyé sur le robinet de cuivre, rondelet comme une main potelée. « Je me détends, je suis bien...

Et toi ? »

- Je suis dans une pizzéria et j'ai froid.

- Ah bon ? Je pensais que tu voyais ton amant cet après-midi.

- Oui mais il n'est pas prêt alors j'attends.

- Ah, celui-là » soupire Jeannie.

Annabelle répond tout de suite : « Parle-moi de toi ?

- Eh bien, en ce moment, je bois mon verre de vin blanc et je relaxe. J'ai eu une semaine tranquille au bureau donc ça ne me prendra deux jours entiers à rester chez moi juste pour déstresser alors j'en profite, plus tard je vais aller au cinéma. Ça ne te tenterait pas de venir avec moi ? Laisse faire ton Rudolf qui te fait poireauter, viens me rejoindre, non ? Après, on pourrait se faire un petit resto ? Fais-toi plus niaiser par lui, Anna...

- Ouain... J'hésite.

- Je ne te mets pas de pression mais penses-y.

- Et puis ? À part ça ? »

- Comme je te le racontais l'autre soir au Chat Perdu, j'ai très hâte à la venue d'Isidore mais en même temps j'ai peur que ça pète ma bulle.

Ça fait plus que quatre mois qu'on se fait des Facetime, qu'on se raconte nos affaires et, c'est drôle, je suis comme en amour, mais si ça restait comme ça, ça m'irait.

- T'as pas hâte de coucher avec ?

- Oui, mais je crains d'être déçue ou de le décevoir. J'aimerais mieux que ça reste comme ça, pis en même temps pas. Tu vois le genre ?

- Pourquoi toi tu ne vas pas là-bas en premier ?

- Au début ça devait être ça, mais après on a changé d'idée parce qu'il voudrait en profiter pour faire des contacts ici pour sa compagnie de café. De toute façon ça changerait quoi ?

- L'idée d'aller le voir en premier, c'est moins intrusif. Chez toi, c'est pas très grand, vous allez être embarqués un sur l'autre en partant. Tu m'avais dit que lui il avait un grand appartement.

- Oui, mais n'oublie pas, c'est moins « risqué » entre guillemets si lui vient ici... Moi, une fille, toute seule là-bas...

- Voyons donc ! À part de ça, t'es sûre qu'il n'est pas marié ou qu'il n'a pas une blonde lui, là-bas ?

- Si c'est le cas, il cache bien son jeu parce qu'on se parle à toute heure du jour et je le texte souvent. Non, je ne pense vraiment pas.

- Il nous arrive toutes sortes d'histoires, à nous, hein ? dit Annabelle d'un ton introspectif...

- Quand il me parle, c'est comme si j'étais à la fois sa meilleure amie et son amoureuse, je sais pas comment te dire...

- Faites-vous du sexe à l'écran, du « cybersexe ? » demande Annabelle en prenant une voix langoureuse.

- Non mais parfois il se promène tout nu devant moi.

- C'est peut-être une façon de te le demander ? Est-ce que ça t'excite ?

- Oui, mais y'a comme une pudeur qui me retient.

- Ça devrait pas. En parlez-vous ?

- Pas vraiment.

- Mais as-tu envie de coucher avec lui, oui ou non ?

- Oui, mais c'est secondaire pour moi. J'aimerais pas ça savoir qu'il couche avec une autre mais de là à aller plus loin dans la relation, je ne sais pas... Ça pourrait rester virtuel finalement. Quand j'arrive de travailler ou le matin au sortir de ma douche, c'est tout comme s'il était là avec ses petits textos, ses petites attentions, c'est comme si ça me suffisait. Ensuite, quand on se parle et que je vois ses belles épaules et ses lèvres charnues, oui j'ai envie ...

- Dans mon livre à moi, ça ne fait pas des enfants forts, tes « je sais pas » …

- Pourquoi coller une étiquette ? Dire qu'on est en couple, ou qu'on ne l'est pas, qu'on est amants, ou pas... On s'en fout finalement.

- Je ne te parle pas de ça, mais avoir du vrai sexe avec un homme en chair et en os, y'a rien qui remplace ça quand même ?

- Dit comme ça, oui t'as raison mais des fois avec le super vibrateur que j'ai maintenant, c'est pas comme un vrai pénis avec le bon gars qui vient avec mais ça vaut mieux que bien des cas.

- HaHaHa ! Ah oui, oui, ton Hector !

- Oui, « mon » Hector, mon dildo Hector. » Les deux rient.

Au comptoir, le téléphone a sonné, le patron prend la commande :

« Deux pizzas garrrnies extra larrrrges.... À quélé nom ? .... Roudolf, d'accord, lé nouméro... On vouzzzz envoie ça. »

« Chutttt ! » dit Annabelle à Jeannie qui avait repris la conversation. « Attends. »

Elle baisse son téléphone et demande au patron : « Excusez-moi, quel est le numéro que vous avez pris en note ? »

Sans hésiter il lui répond, en lisant sur le papier :

« 438-824-0467 ».

Elle remarque que c'est bien celui de Rudolf. Elle se lève et va lui expliquer qu'elle le connait et demande : « Si ça ne vous dérange pas, j'irais lui apporter, moi ?

- Mais bien soûre, Mademoiselle, dès que c'est prêt... C'est payé déjà, avec le pourboire.

- Vous le garderez, quand même...

- Comme vous voulez. »

Elle reprend son téléphone, explique la situation à Jeannie qui réplique : « T'es folle, tu te mets à son service.

- Ben non, ça m'amuse de faire ça. »

Vingt minutes plus tard, Annabelle sort avec les deux pizzas. Elle tourne le coin de la rue et entre dans le bloc où demeure Rudolf, en montant l'escalier elle entend le son de la télé, ultra fort, émanant de l'appartement du troisième, c'est le match qui bat son plein. Des « OOOh » et des « AAAh » se font entendre. Elle cogne. Des pas s'approchent. La porte s'ouvre tout grand, rapidement. C'est un des copains de Rudolf qui est là, en pantalon de coton ouaté gris et camisole blanche, le style après-midi de fin de semaine. Crâne rasé, barbe fournie. Il a l'air étonné de la tête du « livreur ». Il prend les pizzas. Annabelle lui demande : « Je peux dire un mot à Rudolf ? » Elle le voit qui est là-bas, de dos devant la télé, avec deux autres copains. Il se retourne.

« Annabelle ? Qu'est-ce que tu fais là ? »

Il vient vers elle, prend sa tête, plante sa langue dans sa bouche et commence à lui rouler une pelle. Haleine de bière, regard hagard. Il s'arrête. Elle lui raconte qu'elle attendait à la pizzéria… « ET LE BUT !!! » crient les trois autres devant la télé. Il se détourne vite, va les rejoindre, la laissant là, sur le pan de la porte. Il se retourne et lui dit tout fort : « Entre, viens !

- Non, non, c'est correct, je vais vous laisser entre gars regarder la fin du match.

- T'es sûre ?

- Oui, oui... Texte-moi quand c'est fini » dit-elle en refermant la porte.

En redescendant les marches elle songe à la camaraderie entre elle, Jeannie, Lucie, Irma et Michèle, en comparaison avec celle de ces garçons-là. Une fois dehors, elle hésite à retourner attendre à la pizzéria mais la température est tellement désagréable...

« Un altro caffè, Mademoiselle ?

- Oui, s'il vous plaît. »

Ça sent la sauce tomate à l'italienne mélangée à une odeur de café, Annabelle n'était jamais entrée dans une pizzéria dite « indépendante », qui n'est pas une succursale de grande chaîne. Elle trouve qu'il s'y dégage quelque chose de différent, comme une chaleur humaine, comme une sensation de pieds nus dans du gazon frais.

« Encore toi ? T'es pas restée avec eux ? demande Jeannie ?

- Non, j'avais envie de revenir ici pour continuer notre conversation, de toute façon ça ne devrait plus prendre trop de temps. Je voulais aussi te demander ton opinion sur une autre chose.

- Quoi donc ?

- Tu ne trouves pas qu'Irma insiste trop auprès de Michèle pour avoir un enfant ?

- Oui, moi aussi je trouve ça...

- On devrait peut-être lui parler ? questionne Annabelle.

- Faudrait qu'on l'attrape toute seule...

- Ouain, mais ça ne sera pas évident, elles sont tout le temps ensemble quand Irma n'est pas à son hôpital.

-Tu sais comme moi, reprend Jeannie, qu'Irma a été très longtemps toute seule avant de rencontrer Michèle. Ça serait dommage qu'elle brise encore sa relation à cause de son côté contrôlant.

- Moi j'adore Michèle, elle est tellement gentille. Tout le monde l'aime c'est pas compliqué, c'est un ange.

- C'est comme si Irma oubliait qu'elle-même est très carriériste. Depuis qu'elle a fini ses études, elle n'a fait que se consacrer à sa carrière, à son avancement ; vouloir être la première femme à la tête de la médecine interne de son hôpital. Alors elle devrait comprendre Michèle qui veut profiter de l'élan du dépôt de sa thèse. Dans le fond, entre nous, c'est platte à dire mais ce qu'elle voudrait c'est que Michèle devienne une femme à la maison, carrément.

- Ouais mais tu sais, reprend Annabelle, on en a déjà parlé de ça, c'est notre société uniquement basée sur des paramètres économiques de performance et de rendement qui impose une mauvaise image des femmes et des hommes à la maison, comme s'il s'agissait d'une faiblesse alors qu'au fond, c'est tout aussi noble que d'être médecin ou avocat. Quand on sait l'importance de la présence parentale durant la petite enfance… Il n'y a probablement rien de plus naturel et de fondamental.

- Facile à dire, quand c'est pas toi qui est à la maison tout le temps avec le feeling d'aliénation qui vient avec.

- Oui et je suis d'accord avec toi Jeannie, mais de toute façon ce n'est pas pour moi. Est-ce que je rêve ou je sens une pointe d'envie chez toi ? Tu aimerais ça être femme à la maison ?

- Oh que oui ! Pour un bout en tous cas. Toi, je sais que ça ne t'arrivera jamais anyway, même dans mille ans, tu es trop wild ! »

Une notification du téléphone de Jeannie se fait entendre.

- Tiens, c'est Isidore qui m'appelle, les oreilles ont dû lui siler...

-Ah, ah !!!

- Je vais le rappeler plus tard.

- Te verrais-tu avoir des enfants avec lui ? demande Annabelle.

- Je l'sais pas ? C'est beaucoup trop tôt.

- Tu parles comme un garçon, rétorque Annabelle.

- En plus il est loin physiquement. C'est pas la porte d'à côté, la Côte d'Ivoire...

- Ça sonne exotique en tous cas, « Côte d'Ivoire » ... Vous feriez de beaux bébés. Mais comme tu préfères ton dildo à un vrai homme, on oublie ça ! »

Les deux se mettent à rire.

« Ça se pourrait-y qu'Irma et Michèle ne soient pas un bon match ? relance Annabelle.

- Je pense simplement qu'il va falloir qu'Irma relaxe avec l'histoire d'avoir une petite fille au plus vite. Bref qu'elle mette de l'eau dans son vin.

- Tu sais, Sylvia sa mère, elle était très dévergondée d'après ce que j'ai su. C'est sans doute pour ça : Irma veut fonder une famille plus traditionnelle, avec une mère à la maison, elle veut se reprendre... et ça presse !

- Écoute Annabelle, je te laisse là, Isidore rappelle.

- Ok, on se reparle bientôt, salut !

- Ok, bye.

En disant ça, Annabelle termine son café et voit passer dans la rue les trois gars qui étaient chez Rudolf. « Le match est fini » pense-t-elle. Elle le texte. Pas de réponse. Elle attend, va aux toilettes, se remet du rouge à lèvres et replace ses cheveux. Elle revient à sa table. Re-texte. Toujours pas de réponse. Elle met son manteau en remerciant le patron.

« Revenez nous voir, bella Mademoiselle ». Elle sort.

Il ne pleut plus mais en tournant le coin de la rue le vent est si fort qu'elle a du mal à avancer. Elle arrive devant le bloc de Rudolf, deux ados sortent en se tordant de rire. Elle entre et monte. Elle perçoit le bruit de quelque chose qui cogne avec régularité. Rendue au deuxième étage, elle se rend compte que ça vient du troisième. Elle accélère sa montée. Une fois rendue au dernier palier elle entend des gémissements féminins et un bang bang régulier de plus en plus fort. Elle s'arrête en arrivant en biais de la porte de chez Rudolf : ça vient de chez lui. Il est en train d'en baiser une autre. Les cris sont de plus en plus forts. Annabelle reste figée. Elle envie cette fille. Elle voudrait être à sa place. Elle l'imagine compressée sur le divan qui frappe au mur, les pattes en l'air, la tête enserrée entre les coussins. Elle tourne les talons, redescend vite les marches, arrive à la porte et sort. Elle prend son téléphone, rappelle Jeannie : « Ton offre pour le cinoche, ça tient toujours ?

- Oui, oui. T'en as marre d'attendre à la pizzéria, c'est ça ?

- Oui, exactement. »

*

Le vent d'hiver à Philadelphie est celui d'un automne qui n'en finit jamais d'arriver aux portes de la saison suivante, à peine plus froid mais constant. Rare est la neige. Gris et encore gris. Dans les reportages en direct du procès de Jimmy Carhurt, on remarque que la température ne semble jamais changer, on croirait qu'ils ont tous été enregistrés à la même date.

Les plans séquences des juristes sur la question du droit d'un être humain, né d'une banque de sperme et d'une mère acheteuse, de connaître son propre géniteur, attirent certes une bonne audience, mais ce sont les captations devant le palais de justice qui retiennent le plus l'attention. Chacun se reconnaît dans tel ou tel groupe qui vient manifester.

Aujourd'hui, les avocats de Jimmy Carhurt font venir à la barre des pédopsychiatres devant exposer au jury l'abécédaire du développement psychique chez l'enfant : la construction des ponts affectifs, la confiance en soi, les mécanismes d'attachement, etc. Trois jours sont prévus pour cette étape du procès.

Devant les marches et pancartes à la main, se tiennent les manifestants de Men Are Pigs But Not Only Pigs And Pigs Deserve Dignity. Donald Renfrew, un membre éminent du groupe, grand et mince, cheveux hirsutes, aux lunettes rondes à la John Lennon, explique à une journaliste qui lui demande d'où vient ce nom si particulier et lui de répondre : « En fait au début on s'appelait -Men Are Not Pigs- mais on a eu des problèmes avec une association de protection des animaux qui nous a demandé de changer de nom en stipulant qu'il était injuste qu'un animal devienne le symbole des hommes qui ne savent pas bien se comporter. »

L'intervieweuse s'apprête à dire quelque chose. Elle retourne le micro vers elle, Donald Renfrew s'arrête et attend qu'elle parle. Tout se passe très vite. Elle se ravise, pointe le micro vers le manifestant qui reprend: « Euh je disais donc que ... On trouvait ça étrange car en fait l'expression « comme un cochon » est un dicton populaire. Tout le monde a entendu au moins une fois l'expression « les hommes sont des cochons » : on sait à quoi cela fait référence. On ne peut pas jouer à l'autruche. C'est une façon de dire que la plupart des hommes agissent en réponse à leurs instincts les plus vils et qu'ils ne savent pas se comporter correctement, ni avec les femmes, ni en société. Le choix du mot « cochon » vient de très loin. Cette expression date du seizième siècle. « Comme un cochon » faisant référence à quelqu'un de grossier. Ce n'est pas contre l'animal, soit le porc ou le cochon en tant que tel... La dénomination de cet animal ayant été choisie comme exemple dans une perspective religieuse certes, à savoir que notre espèce est au-dessus des autres. Oui, d'accord, cette prétention est discutable, mais doit-on tout revisiter ? Bref, on nous l'a reproché alors on a modifié le nom de notre groupe pour ne pas nuire à notre cause : nous considérons que la volonté de refuser à des êtres humains le droit de connaître l'identité de leurs géniteurs, puisque c'est à cette définition que les pères en sont réduits, est absolument inacceptable et relève d'une conception erronée de l'homme. Cela fait entrer la procréation dans un engrenage où la dignité de l'être humain est mise à mal au profit d'une logique marchande. »

Au même moment, à sept cent quarante kilomètres de là, dans la salle des employés de l'unité de pédiatrie de l'hôpital Sainte-Iphigénie, l'infirmière en chef Jocelyne, s'insurge contre ce qu'elle vient d'entendre. Elle s'adresse à la télé : « Non mais, pauvre petit gars, hein ? Vous faites donc pitié les zzzhommes. »

Irma arrive, le pas pressé, les yeux cernés.

« Oh lala, tu as l'air fatiguée, toi ? dit Jocelyne en détournant son regard.

- Non, non ça va, répond Irma.

- Tiens regarde ça, ça va te faire rire : vois-tu le gringalet à la télé avec son allure d'intello à boutons, il plaide la cause des pôôôôôôôvres hommes qui ont donné du sperme. Ça se peut-y ??? Les zhhoooommmes qui ont donné leur semence, ils ont fait ça pour faire de l'argent !!! C'est pas pour avoir un suivi... C'est pas pour fonder une famille. Au contraire, c'est justement la preuve qu'ils n'en voulaient pas de famille !!! Parce les trois quarts d'entre eux ne sont pas capables de prendre leur responsabilité parentale, ils pensent juste à leur zizi et à leur petit moi.

- Mon dieu, Jocelyne, ça vient donc bien te chercher ce sujet-là ! Pourtant c'est loin de toi, ça ne te concerne pas.

- C'est pas ça, dit-elle avec un ton à peine plus calme, je trouve juste ça complètement aberrant. Depuis que le monde est monde, les hommes traitent les femmes comme des êtres inférieurs. Maintenant que ça commence à changer, faudrait reculer encore ???

- Tu vas loin trop là. Ce n'est pas ça l'enjeu, réagit rapidement Irma. Imagine la personne qui ne sait pas d'où elle vient...

- C'est pas pire que pour ceux qui se font adopter, rétorque Jocelyne.

- Penses-y : quelqu'un qui a été adopté peut faire des recherches pour retrouver ses parents. Alors pourquoi ce serait différent pour une personne née d'une mère qui a eu recours à une banque de sperme ?

- Je vais te la donner la réponse, moi: c'est parce que cette personne a une mère biologique qui a pris soin d'elle, que cette mère a fait preuve d'une immense générosité en choisissant de donner la vie même s'il n'y avait pas d'homme qui lui convenait.

- Oui mais pourquoi ce ne serait pas réversible ? Autant du côté de celui qui a donné le sperme, que de l'enfant qui en est né ? Pourquoi un donneur ne pourrait pas autoriser la banque de sperme à fournir l'information si un jour, l'être humain né de lui, souhaite connaître son identité ?

- Parce que ces compagnies-là ne sont PAS des agences de rencontre !

- T'es de mauvaise foi, Jocelyne, allez... Tu comprends ce que je veux dire, dit Irma alors qu'on entend le son de son double latte qui, coulant de la machine, vient de toucher le fond de la tasse de carton.

- Oui mais comme l'ont expliqué les avocats de Precious Life, ça devient trop compliqué au point de vue juridique de gérer ça. Donc moi je dis: tu donnes ton sperme, bonhomme, tu signes une entente de confidentialité et de non responsabilité, c'est le point final. Ça finit là. Ça n'a pas d'affaire à changer. »

Irma la regarde avec un grand sourire, comme on regarde un enfant qui ne sait pas.

Jocelyne rajoute « Moi en tous cas de ne pas avoir de bonhomme dans les parages, ça fait bien mon affaire.

- Tu vois Jocelyne, tu mélange les choses ...

- En plus de ça, des enfants issus de banque de sperme, il n'y a pas juste des garçons, il y a des filles aussi ! Pourquoi les filles ça ne les dérange pas, elles ? On n'en a pas vu une seule qui voulait retracer son père ? C'est une affaire d'égo de mâles, ça.

- Voyons donc, tu dis des sottises, quelles sont tes références pour dire ça ? Moi je conçois facilement que pour un garçon, à un moment donné au cours de sa vie, ça devient important de connaître l'identité de son père, comme pour une fille ce l'est de connaître sa mère. Mais il n'y a pas de règle générale, tout ça est changeant, ça peut être l'inverse aussi.

- Mouain... » grommelle Jocelyne avant de prendre une cuillerée de yaourt aux bananes, assise devant un magazine *Elle*, ouvert à la page centrale.

Irma sort de la cafétéria et se dirige vers l'unité de médecine interne. Elle emprunte le long corridor en marchant vite puis elle ralentit le pas, elle songe soudain à quand elle sera mère. Elle s'imagine main dans la main avec sa fille de trois ou quatre ans, marchant dans un parc vers une balançoire, puis elle voit sa fille plus grande, à seize ou dix-huit ans, qui rentre plus tard qu'à l'heure prévue le soir d'une sortie. Elle imagine comment cela la rendrait inquiète : elle se voit faire les cent pas devant la cuisinière en train de siroter une tisane, nerveusement. Elle pense à tout ça. Elle a hâte d'avoir un enfant à elle. Puis elle songe à sa fille qui, à vingt ans, voudrait découvrir l'identité de son père ; cela la laisse complètement indifférente.

*

Nelson et Isidore doivent se rejoindre au restaurant Chez Ernest en début de soirée. Leur établissement préféré est situé à un jet de pierre de l'hôpital Anono où Nelson a passé les dernières heures avec sa mère après qu'on lui eût enlevé un rein. Isidore quant à lui a consacré l'après-midi à la mairie avec un technicien afin d'effectuer la mise au point des quatre machines à café de l'établissement car le grain qu'il fournira à partir de la semaine prochaine sera moulu plus finement.

Chez Ernest on retrouve surtout une clientèle locale mais aussi de plus en plus de touristes car le prix des plats attire, vanté sur les sites de commentaires et de réservation en ligne, le prix devient de plus en plus le seul et unique critère de recherche. Repas traditionnels africains, servis dans une ambiance chaleureuse et sans prétention. Le cuisinier propriétaire se balade chaque soir entre les tables, blague avec les clients et offre souvent une tournée de koutoukou, une boisson locale redevenue à la mode depuis le début des années deux mille.

Isidore arrive le premier et choisit une table sur la terrasse du côté de la rue, toujours tranquille dans ce coin de la ville. Un drap de coton blanc entourant cette section suit le mouvement léger de la brise. Il est dix-huit heures quarante-cinq.

La serveuse arrive et lui demande s'il veut boire quelque chose.

« Juste de l'eau, je vais attendre mon ami.

- Mais... je te connais, toi » dit-elle...

Isidore la regarde et sourit : « Oui...Voyons ? ... »

Les deux cherchent d'où ils se connaissent quand Isidore lâche:

« Aminata

- Isidore !!! »

Il se lève d'un coup sec et la prend dans ses bras : « Depuis le temps ! La fève dans le gâteau des rois, l'as-tu retrouvée finalement ? » demande-t-il à sa voisine d'enfance qui avait joué à l'apprenti-pâtissière, un de ces lointains six janvier. Elle avait oublié de mettre la fève, tous s'étaient moqué d'elle. C'était devenu une blague dans tout le quartier.

« Que deviens-tu ? »

Ils se mettent à papoter quelques minutes quand Isidore remarque que les deux hommes assis à la table plus loin, les fixent avec une insistance désagréable. Il touche le tablier d'Aminata puis fait un signe des yeux lui suggérant d'aller voir les deux clients. Elle se retourne, va vers eux et demande : « Vous allez prendre un dessert ?

- Deux bakla... vvvvaaaaaas », répond le grand avec insolence.

- D'accord, je vous apporte ça tout de suite. »

Isidore regarde son portable mais il entend les deux clients murmurer « Aminata, Aminata... la belle Aminata » en se moquant de son accent. Peu après, Nelson arrive. Il franchit le seuil qui mène à l'extérieur en tassant les fines tiges de bois suspendues faisant office de porte, un doux bruit se fait entendre. Avec sa main gauche, il fait glisser la ganse de la sacoche appuyée sur son épaule. Il se trouve à tourner le dos aux deux clients en question mais ils sont dans le champ de vision d'Isidore. L'un des deux roule ses épaules exagérément comme pour se moquer de la démarche de Nelson.

Isidore a le visage tendu mais son copain ne le remarque pas tout de suite. « Ma mère était heureuse que j'aille la voir, elle est en super forme malgré l'opération. J'espère avoir hérité de sa santé… »

Les deux se racontent leurs journées quand Aminata revient. Isidore la présente à Nelson.

« Eh oui, je suis nouvellement engagée ici. Vous, vous venez souvent m'a dit le patron ? »

Après avoir commandé, ils constatent que les deux zigotos les dévisagent sans cesse, la situation devient insoutenable. « On peut changer de table ou aller à l'intérieur si tu veux ? » demande Nelson.

- Ça n'est pas nécessaire, ils ont fini leur dessert et devraient partir bientôt. »

Soudainement, le volume de la musique augmente et leur procure plus d'intimité. Aminata avait vu le petit manège des deux clients chiants.

Nelson explique à son copain, avec une intonation témoignant de leur profonde complicité, qu'il ne comprend tout simplement pas comment il arrive à boire du koutoukou. « C'est tellement infect...

- Mmmm non, c'est délicieux, dit Isidore après en avoir avalé une gorgée. »

De l'autre table ils entendent des mots prononcés indistinctement : « ...des pédales..... pédales...pé....dales...... ».

Le plat principal arrive, les deux avaient commandé le fameux bœuf braisé sur riz, accompagné d'une sauce brune, la spécialité de la maison.

« Merci ....

- Bon appétit ! »

En retournant vers la cuisine, elle dépose la facture sur l'autre table. Isidore et Nelson se penchent chacun au-dessus de leurs assiettes, les yeux mi-clos, pour humer l'odeur émanant du plat. Ils entendent : « On aime ça, le brun, nous, hein ? ».

Isidore se dresse du tac au tac et leur envoie : « Vous allez arrêter de nous faire chier ? », prêt à bondir pour aller se battre. « Oh, Monsieur se fâche » lui répond le grand. Au même moment, le proprio Ernest surgit et leur dit : « Messieurs, je vais vous demander de quitter, s'il vous plaît. » Ils se lèvent sans rouspéter. Le petit fait un signe de poignet cassé dans la direction d'Isidore et Nelson. « On ne voulait pas vous déranger » dit l'autre sarcastiquement en prenant une voix efféminée. Ils quittent.

« Enfin on va avoir la paix » dit Isidore avec soulagement.

La conversation qui suit tourne autour du prochain vélo que Nelson veut s'acheter et du tour de France auquel il aimerait participer un jour.

« Tu rêves ?

- Il faut rêver ! »

Athlète en herbe et adepte d'haltérophilie, Nelson se tient en forme depuis toujours. « Une autre eau gazeuse, s'il vous plaît » alors qu'Isidore quant à lui commande un deuxième koutoukou, celui-là c'est le patron qui l'offre. Aminata revient et s'assoit à une table près d'eux; ils sont ses seuls clients dans le restaurant pour l'instant et elle a du temps.

« Ça fait longtemps que vous êtes ensemble ? »

À la question, Nelson sourit alors qu'Isidore bouge sur sa chaise en signe d'inconfort.

« Excusez-moi, je ne voulais pas...

- Non, non tranche Nelson, y'a pas de problème. On s'est connu il y a.... deux ans ? demande-t-il à son copain.

- Monsieur est tombé en amour avec mon appartement dès sa première visite, comme un chat il s'est installé petit à petit » ironise Isidore.

Les trois rient alors de bon cœur, dans une sorte de complicité générationnelle.

Une heure plus tard, en franchissant sur le pan de la porte du resto, ils envoient la main au chef en guise d'au revoir. « Si tu passes dans le quartier, viens nous voir » dit Nelson à Aminata.

- Oui, j'irai voir votre palace » répond-elle en leur faisant un clin d'œil. Les trois s'embrassent.

« Oh lala... j'ai trop mangé » dit Isidore en atterrissant lourdement sur le trottoir.

« Allons marcher un peu alors avant de prendre la voiture » suggère Nelson.

« Ok » répond son copain en baillant.

L'air est bon. Il fait vingt-huit degrés, pas de vent. La rue est déserte, le ciel légèrement voilé, c'est la nuit. Vingt mètres plus loin, en passant le long d'une 207 Peugeot, la portière s'ouvre violemment, frappant l'arrière cuisse de Nelson qui tombe sur le trottoir. Au même moment, le grand surgit du coin de la rue avec une matraque et menace Isidore en criant :

« Ah... les deux pédales, elles veulent pédaler là, hein ? »

L'autre, déjà sorti de la voiture, commence à bousculer et invectiver Nelson : « Aïe le pousseur de crottes, t'as des gros bras mais t'as peur là, hein ?

- Pas du tout » répond Nelson en lui donnant un coup de poing. Une bagarre s'en suit, les deux tombent par terre puis roulent en se ruant de coups. Isidore est maintenant appuyé contre un mur avec la matraque sous le menton, il remarque un insigne de la police nationale gravé dessus. Son assaillant lui met la main dans l'entrejambe et serre ses organes fortement. « Ailllleee !!!! » crie Isidore.

« C'est qu'elle a un gros machin, la fillette ! » lui dit son agresseur. La rage monte. Isidore réussit à se dégager mais l'autre charge à nouveau en prenant son élan pour lui donner un coup de poing mais comme Isidore tasse sa tête au dernier moment, il écrase sa main sur le mur de ciment. « Ma salope tu vas me le payer » hurle-t-il en attrapant le bas de la jambe d'Isidore qui tombe par terre. À quelques mètres de là, l'agresseur de Nelson est sur le dos mais il sort un couteau à cran d'arrêt de sa poche, il le dégaine et lui tranche une partie du biceps droit. Le sang gicle, Nelson crie. L'agresseur se relève et va vers son compère qui est sur Isidore, couché sur le sol, avec sa tête à la hauteur du buste. Il reçoit des coups de poing de sa victime qui tente de se dégager. L'autre arrive pour donner un coup de pied à la tête d'Isidore mais ce dernier se dégage à temps et rapidement il se relève. Quelqu'un au bout de la rue crie d'appeler la police. Isidore voit Nelson qui s'enfuit de peine et de misère dans l'autre direction, il se met à courir aussi. Les deux malfrats courent derrière lui. « Tu vas mourir, sale pédale » crie l'un d'eux. Ils passent à toute vitesse à côté des badauds. Un colosse fait un croc-en-jambe au grand qui s'écrase la figure au sol. Le petit continue de courir vers Isidore avec son couteau à la main : « Je vais te faire bouffer ta queue sale pédé !!! » Isidore emprunte à toute vitesse un passage entre deux rues. En courant, il agrippe un gros baril d'huile à moteur souillée à moitié vide qu'il renverse sur son passage, ce qui ralentit son agresseur, les pieds maintenant enduits d'huile. Isidore tourne sur une autre rue et court maintenant en direction de l'hôpital dont il voit le toit au loin. L'autre ne le suit plus. Il a disparu. Isidore ralentit sa course, se met à pleurer puis accélère à nouveau pour gagner la porte de l'urgence de l'hôpital où il entre et voit tout de suite Nelson qui est là avec un garrot autour du bras. Deux infirmiers sont en train de l'étendre sur une civière.

*

Au bar Chez Ti-Mé, sur la route de Morin Heights à la sortie de Saint-Sauveur, c'est l'heure de l'apéro. Christian, le menuisier entrepreneur arrive après une grosse journée sur un nouveau chantier. Il stationne son pick-up, laisse sa fenêtre ouverte, ouvre sa portière et prend un instant pour apprécier les rayons de soleil de fin d'hiver. Debout et appuyé sur le côté du banc du chauffeur, il se ferme les yeux et laisse son visage baigner dans la lumière. Il ressent la fatigue accumulée et se dit que deux ou trois bières vont le ramollir encore plus mais il y va quand même.

« Pis, ça avance-tu ton contrat chez les deux gouines ? » lui demande Gilles alias « All Dressed » alors qu'il vient à peine de s'accouder au comptoir. Accoutumé au franc parlé du vieil habitué, il n'en est pas moins agacé. Il n'a pas envie d'en discuter mais le qualitatif utilisé par All Dressed pour désigner ses deux clientes déclenche chez lui un changement de perception : il voit soudainement d'un mauvais œil ce contrat qui s'étire et la méfiance qu'il ressent de la part d'Irma quand elle échange avec lui, une méfiance qui contraste tellement avec l'empathie spontanée qu'elle a pour Roxanne.

« Moi en tous cas je ne leur aurais jamais parlé du pin du Colorado, c'est sûr qu'elles allaient vouloir ça, les deux fraîchepettes. Pis là t'auras pas ça avant des mois... » rajoute All Dressed.

- Ouais, répond indifféremment Christian.

- T'aurais dû embarquer avec moi sur le contrat de la salle de spectacle en bois rond de Péladeau à la place. »

La barmaid surgit et se penche pour prendre une nouvelle bouteille de Vodka Resolute dans l'armoire sous le comptoir. All Dressed lui dit : « Penche-toi donc encore plus. » et il se met à rire. Un homme à l'autre bout du comptoir lui sourit en acquiesçant : « D'ici, moi j'ai pas la même vue que toi, chanceux. »

All Dressed répond : « Tant pis pour toi. »

Christian assiste indifférent à la scène. Il fixe les bouteilles qui se reflètent dans le miroir derrière le bar, comme dans la chanson de Francis Cabrel : *« Tous les autres m'agacent / Ceux qui parlent haut, ceux qui parlent fort / Je ne vois que toi dans les grandes glaces / Entre les bouteilles de Southern Comfort ... »*

La barmaid prépare un drink. Un autre client lance : « C'est l'fun quand elle ramasse le shaker aussi. » All Dressed se met à rire et ajoute : « C'est surtout l'fun quand elle le shake. » Fou-rire au bar. Quant à la barmaid, ça lui coule comme sur le dos d'un canard, elle reste sans expression, elle s'en fout. Ça fait partie du boulot d'endurer les remarques des vieux libidineux.

Christian s'imagine soudain qu'il existe certainement en elle l'équivalent d'une couche de caoutchouc ultra-résistant, comme celle des pneus d'un camion, qui permet de rouler des milles et des milles et même de faire le tour de la planète en s'abîmant à peine. Il se demande de quoi est fait le socle affectif lui permettant d'être là et de s'habiller de façon provocante tout en sachant qu'elle s'expose à des commentaires disgracieux, parfois même imbuvables ? Ne sont-ils jamais perçus comme des compliments ? All Dressed, quand il rit de la blague de l'inconnu, souhaite-t-il vraiment que ce soit perçu par elle comme du dénigrement ? Ou comme un compliment, un éloge pour éventuellement en retirer de l'affection de sa part ? Peut-être que le cœur de cette barmaid n'est pas fait comme le caoutchouc des pneus du camion et que ces commentaires à chaque fois l'érodent, comme le vent sur les rochers, incolore et invisible mais qui finit par gruger la paroi et lui donner une autre forme. Plongée dans sa pensée, Christian ne doute toutefois pas qu'elle préfère vaquer à autre chose que de faire office de personne du sexe opposé servant des boissons alcoolisées derrière le comptoir de ce bar, un emploi rémunéré certes mais dont le taux horaire varie selon l'appréciation des clients.

*

Dans la salle de réunion « Trevi » de chez Dellini & DaVerdi, Lucie dépose devant elle un bloc de feuilles jaunes vierges. Elle passe les mains sous ses cuisses afin d'ajuster sa jupe et s'assoit. Assis de l'autre côté de la grande table d'acajou baignant dans la lumière du jour, Marco lui fait un clin d'œil.

Giuseppe Dellini dessine au tableau. Il s'apprête à donner ses consignes pour la préparation de la défense d'un client très important, un dossier pour lequel il entend mobiliser les forces vives de son cabinet. Il s'agit de la cause d'un homme qui veut modifier les clauses du divorce réclamé par sa femme qui l'a quitté pour un jeune homme de trente ans son cadet. Normalement il devrait lui léguer la moitié de sa fortune, acquise grâce aux profits de l'usine de tapis de luxe qu'il a montée à partir du modeste magasin de son père, mais il s'y refuse car son ex-épouse lui aurait menti. Elle l'aurait trompé avec le même amant depuis au moins un an.

« Très, très, très complexe... » dit Giuseppe en se retournant. Il reste debout et s'appuie sur l'épaisse table avec ses deux mains. Il a d'épais cheveux comme Marco, superbement peignés. Il porte un complet mauve et luisant comme celui de Jack Nicholson en Joker dans Batman. Son parfum Givenchy vient aux narines de Lucie. Elle apprécie son emploi, son patron et le cabinet pour lequel elle travaille.

Maître Dellini regarde tour à tour Lucie et Marco. « J'ai besoinnne de vous deux à deux cent pourcent ! »

« Il ne faut négliger aucun aspect. Nous devons prrrréparer ounnne défenzzze en béton. Il va vous falloir fouiller... La raison pour laquelle je vous choisis tous les deux c'est que je veux, Marco, que tu voizzz comment Lucia mène ses recherrrrches, ça zera bon dans le futur pour toi... Capito ? »

Marco tente de cacher son excitation mais ses yeux brillants trahissent la joie qu'il ressent à la pensée de travailler de plus près avec Lucie. Il craint de tomber encore plus sous son charme et de franchir une limite qui serait de trop. Lucie quant à elle est plutôt stimulée par le défi à relever qui tombe en plein dans ses cordes : « Est-ce que vous nous autorisez à faire appel au détective Larson si jamais on a besoin de certaines vérifications ?

- Très bonne question, Madame Lucia. Tou vois Marco c'est ça qué j'aiméééé... » Il réfléchit puis dit : « Si, assolutamente. »

Il poursuit : « Il est certainnnnn qué Monsieur Carsini a ou une ou dé nombreuses maîtresses duranté les années de son mariage » commence par dire Dellini. Pause. Lucie enchaîne : « D'accord, mais s'agissait-il réellement de femmes avec lesquelles il entretenait des liaisons ou plutôt des escortes qu'il voyait de façon ponctuelle, avec qui il se contentait simplement d'assouvir ses besoins disons... d'homme ? Peut-être que son épouse se refusait à lui ? »

Marco poursuit : « Mais son épouse n'avait sans doute plus de désir pour lui car il ne lui consacrait plus de temps ou ne lui montrait plus d'affection ? » Lucie sourit. L'avocat Dellini lance une mise en garde: « Ça c'est certaigne. Tout ça est trèsssszzz évident. C'est la carta que la partie adverse va jouer. » Lucie renchérit: « Qu'elle était une pauvre femme négligée par son mari et qu'il était donc normal qu'elle cherchait à fuir une situation où elle n'était pas heureuse. Le couple n'ayant pas eu d'enfants.

- Les Carsini avait une vie sociale bien remplie. L'ex-Madame Carsini aurait pu se confier sur ce sujet à des amis qui aujourd'hui se rangeraient du côté de Monsieur. Est-ce que par exemple elle prenait la pilule à l'insu de son mari afin de ne pas tomber enceinte ? Cela pourrait supposer qu'elle ne l'aimait pas ou qu'elle lui mentait, dit Marco ?

- Trrrès bien, trrrès bien... Il faut chercher de ce côté » commente son patron. Mainnnntenannn, jé vais vous donner quelques innnsstrouctionnezz, poursuit-il...

« Il est important dé comprendre qu'ici nous sommeszzz en terrainnn glissant car peu importe qui sera le juge, à l'époque à laquelle nous vivons, nous sommes désavantagés dans ce dossier. Primo: la sympathiaaaa ira d'abord pour l'ex-Madame Carsini qui sera vue comme une femme, una donna, négligée par un mari qui la trompait. Segundo : lé successo professionnel de Monsieur Carsini risque d'être perçu comme insolent. Lé dévouement, les sacrificccciooos qu'il a faits pourrr méner son entreprise au trionfo ne compteront pas et ce, même si ladite épouse en a bénéficié pendant plus de vingt annnnées biennn sonnéées, soit par des voyages ou des achats extravagants de toutes sortes. Vous né dévez pas compterrr sur cet arrrgument car le soutien, pourtant inexistant, vous le constaterez, de Madame durant toutes ces années, prendra ouna dimensssionnnnné exponentielle, de par sa seule présence dans la vie de Monsieur, Madame se verra attribuée un caractère angélique. Vous me suivez... ?

- Oui, oui » répondent-ils, abasourdis.

« Vous dévez le voirrr comme un combat contre une personne déifiée, dégagée de tout axe du mal, une déesse. Capito ?

« Par ailleurs, Madame et Monsieur n'ont pas eu d'enfant, de bambinosss et l'on sait pourtant que c'était le souhait lé plouuuu cherrr de Monsieur. Oui, Marco, il faut investiguer du côté de la pilule contraceptive car si l'on découvrrrre que Madame en prenait à l'insu de Monsieur, il pourra y avoir un bris de « contrat de mariage » même si concrètement, sourrr papier, dans leur cas, il n'y en avait pas. Il s'agirait d'un refus d'acceptation de la notion implicite de l'union officielle entre un homme et une femme, du destino de l'union matrimoniale dite normale. Nous pourrions plancher là-dessus pour notre plaidoierrrrie sauf qu'il ne faut pas négliger l'angle de la notion de « l'assujetissement » qui sera mise de l'avant par la partie adverse.

Je m'explique: si Madame avait eu un bambino, c'eût été contre son gré et dans le but unique de plaire à Monsieur, c'est ce qu'ils diront. Le sentiment d'accomplissement, d'épanouissement materrrrnel de la mammaaa, souvent évoqué par les femmes qui ont donné la vie, ne pourrrra pas être évoqué ici, car selon eux il n'aurait eu lieu qu'en raison du souhait de monsieur. Le souhait de monsieur venant ici exercer ounna prrrrression contraire à la liberté de madame. Or, ce que même nous, aurions pu souhaiter pour cette dame qui nous est inconnue, ne doit pas exister dans votre esprit. Le simple fait que Monsieur ait exprimé le désirrrr d'avoir un enfant de son épouse sera ici interprété par la partie adverse comme une volonté de l'assujettir à son vouloirrrr. De là, il ne rrrreste qu'un seul pas à faire pour l'accuser d'esclavage. »

Lucie qui prend des notes s'arrête un instant. Elle s'étire pour atteindre le pot d'eau en forme de roseau, Maître Dellini lui fait un signe de stop avec sa main. Il arrête son flot de paroles, comme suspendu à son idée, s'étire, empoigne le pot, le soulève et, avec son autre main, pousse plus près de Lucie le sous-verre de liège rond sur lequel est posé un verre taillé puis verse l'eau.

Il reprend : « Par ailleurs, il est à noter que pour le style d'entrrreprrrrise que possède Monsieur Carsini, la traditionnnné veut qu'il y ait une continuité de père en fils. Comme Monsieur Carsini a hérité du magasin de son père, on peut supposer que son désirrrr d'avoir un enfant est en partie motivé par le souhait de lui léguer éventuellement le commerce donc d'assurer ouna continuité, de perpétuer la tradition familiale, mais cela entre en contrrrrradiction totale avec le besoin, l'envie, de Madame, de rester exempte du fardeau de donner la vie et d'élever un enfant. Il y a donc possibilité ici pour la partie adverse d'introduire la notion d'instrumentalisation de la femme non consentante à la procréation. Notre seul espoirrrr repose donc sur le mensonge éventuel qu'elle aurait perpétré pendant de longues années en faisant croire à son mari qu'elle était tout simplement malchanceuse alors qu'elle prenait la pilule et ce, tout simplement car il aurait pu demander le divorziato s'il avait pris connaissance dé cé fait mais il ne l'a pas fait car il la croyait de bonne foi. Nous devrons travailler dans ce sens.

À cet égard, ce qui pourrait devenir problématico réside dans le jougement de valeurs, *valori*... En insinuant qu'elle voulait ainsi rrrester dans la rrrelation, notre position sera faible car la partie adverse prétendra que nous tentons de suggérer qué les intérêts de Madame étaient purement liés à l'argent, qu'il n'y avait pas d'amour entre eux, qu'elle n'était pas attachée à Monsieur par des sentiments nobles et donc qu'elle restait là juste pour les avantages matériels que cette situation lui procurait. On nous reprocherait alors de confiner les motivations de cette femme à des considérations uniquement matérielles. De plus, on nous accuserait de tenter d'en faire une règle générale et d'être des misogynes. Nous devrons éviter toute insinuation à cet égarrrd pour nous concentrer sur son refus d'être mammma, donc de l'interroger sur sa conception de la maternité ainsi que sur le mensonge qu'elle a entretenu. Évidemment, au moment de lever le voile sur cet aspect, nous porterons flanc à l'attaque suivante qui sera… ? Une idée, Lucia ? Marco ?

- Eh bien... » commence Marco qui s'apprête à déployer sa pensée mais Maître Dellini fait un clin d'oeil à Lucie puis interrompt le neveu de son associé d'un geste paternel en posant une main sur son épaule et reprend le flambeau : « Biennnn sooouuuûr le code d'éthique des pharmaciens empêche la divulgation d'information qui nous serait cruciale. Nous ne pouvons donc compter que sur le témoignage éventuel d'un proche. Mais même si cela s'avérait, Madame pourra alors dire qu'elle ne voulait pas avoir d'enfant de Monsieur car il lui était infidèle et ça malheureusement on ne pourra pas le nier. Est-ce qu'il la trompait car il souffrait dans son mariage incompleto, ou est-ce qu'elle ne voulait pas avoirrrr d'enfant car il la trompait ? À cette question de l'œuf et de la poule nous serons aussi désavantagés, vu les prrrécédents dans ce type de dossier : il faut admettre que la notion d'adultère a changé et nous ne pouvons pas extraire notre cause du flot sociétal actuel. »

Il poursuit: « Auparavant, dans nos pays occidentaux, et ce l'est encore dans certains pays latins, on considérait avec une certaine indulgence les écarts des hommes mariés, avec un petit sourire, comme si cela leur conférait une aura de pleine masculinité, comme s'il fallait s'y attendre. Cette façon de voir venait en partie d'une croyance que l'on considère aujourd'hui comme erronée voulant que, contrairement à la femme, l'homme serait soumis à des pulsions sexuelles qu'il n'arriverait pas à contrôler. Cette façon de voir n'obtient plus clémence de nos jours car les mœurs ont évolué. L'homme qui agit ainsi est immédiatement vu, à tort ou à raison, comme un porc, un traître à l'égard de son épouse, un menteur, un hypocrite etc. À l'inverse, la femme d'aujourd'hui qui commet l'adultère semble bénéficier - attention, je ne dis pas « toujourrrrs » - d'une certaine indulgence à cause de la mouvance en cours dans notre société, un retour de balancier, disent certains, *alcuni dicono*. Nous ne sommes pas ici pour juger si cela est bien ou mal. Mais il n'en demeure pas moins que si une femme trompe son mari, lui sera perçu comme une victime, cependant la culpabilité n'échoira pas à la femme comme telle, car on dira que ce sont certaines circonstances qui l'auront menée à avoir des relations intimes hors mariage. Nous devons prendre acte de ce constat. »

Lucie bouge sur sa chaise. « D'accord, Maître Dellini, mais n'oublions pas que cette relation extraconjugale que Madame a entretenue avec un homme de trente ans son cadet a commencé il y a environ un an : il y a donc clairement trahison face à son mari. Il me semble que, partant de ce fait, elle n'est plus en droit de réclamer la moitié des avoirs de Monsieur.

- Errrrreur... Vous semblez négliger un détail, chère Lucia : elle sera présentée comme une victime par ses avocats. D'ailleurs, elle se considère sûrement comme telle : una vittima ! Bref, elle n'aura pas à jouer un rrrrôle ! Elle va sans doute tenter dé se justifier en avançant que c'est la faute de son mari qui par son caractère, son indisponibilité, que sais-je ? , sa trop grande charge de travail, ou même son insensibilité, l'aurait littéralement « poussée » dans les bras di oune amanté. Et, comme vous vous en doutez soûrrrrement, le fait que son amant soit plus jeune de trente ans ne doit en aucun cas influencer notre plaidoirie de quelque insinuation que ce soit car cela pourrait nous nuire évidemment. »

Marco fait tourner son crayon de la main droite à la hauteur de son visage et enchaîne : « Nous devons donc tenter de trouver un témoin qui pourrait nous confirmer que madame prenait la pilule contraceptive à l'insu de son mari. Monsieur avait passé des tests de fertilité, n'est-ce pas, Maître Dellini ? Et n'avait-il pas demander à madame de le faire ?

- Cela, il me l'a expliqué : lors des converrrrsationnnnes qu'ils avaient eues entre eux à ce sujet, il ne lui était pas venu à l'esprit de lui demander car, par le passé, bien avant leur rencontre, elle avait subi un avortement ; il en avait donc déduit qu'elle était fertile.

- Quelle différence d'âge y avait-il entre les deux époux, déjà ?

- Vingt-deux ans » répond Maître Dellini qui tourne sur lui-même tout en rapprochant les doigts de ses deux mains pour former un triangle juste en-dessous de son menton, en signe d'effort de concentration. Il attend quelques secondes et puis reprend : « Il est dans le droit le plus strict de Madame de demander le divorce. Elle aime quelqu'un d'autre et cela est sa réalité. Elle veut se retirer de son mariage. Point. Finito. Qu'elle soit en amourrrr avec un jeune gigolo ou avec un vieillard qui possède une usine, cela ne nous concerne pas. Bien que nous soyons fortement tentés de trouver une explication rationnelle à ses choix affectifs, nous devons bien faire attenzizone que cela n'influence pas notre plaidoierie car l'époque actuelle nous l'interdit. Ceci dit, nous défendons un homme qui ne veut pas donner la moitié de son patrimoine à une femme qui le quitte. Notrrrré meilleurrr angle d'approche est le suivant et je terminerai là-dessus: le respect du choix de Madame. Nous devrons, avant qu'ils ne soient exposés par la partie adverse, dévoiler les détails des infidélités de Monsieur, s'il y a lieu, avec des noms, des dates, autant que possible et lui demander de faire amende honorable.

- Va-t-il être d'accord avec ça ? demande Lucie.

- Je llouuui en avais fait mention mais je compte sur vous Lucia, avec votre tact, votre subtilité légendaire, pour convaincre Monsieur d'avouer sa culpabilité face à ses errances. Ensuite, Monsieur expliquera qu'il est prêt à verser une pension à Madame - ce qu'elle n'a pas demandé - mais qu'en échange il ne lui cédera que le quart des actifs de Globale Tapiz, ce à quoi la partie adverse répondra non et, seulement à ce moment-là, nous dévoilerrrrons noir sur blanc les preuves de la perfidie de Madame. »

*

Rudolf a trente-sept ans et Annabelle, trente. Ils se sont rencontrés à la fin de l'été dernier. Ils sont de la même génération, même si les écarts se creusent vite depuis que l'informatique impose des frontières entre les groupes d'âge. Dans leur cas, cela s'est vu au début lors de leurs premiers échanges quand ils se donnaient rendez-vous : lui utilisait la messagerie traditionnelle du téléphone alors qu'elle volait déjà sur les ailes d'une application à la mode. Lorsqu'elle l'avait traité de dinosaure il avait rapidement téléchargé l'application en question et c'est via celle-là qu'ils communiquent entre eux maintenant.

Rudolf a le look rebelle. Cheveux teints blond platine, en brosse, éternel blouson de cuir noir à clous, bottes de militaire, t-shirt blanc et jeans noirs. Il appartient à un groupe anti système en dormance. Rencontre mensuelle avec défoulement collectif ; ça dure tout le week-end. D'habitude, c'est dans ce cercle fermé qu'il ramasse des filles. Conducteur de monte-charge, il travaille de nuit dans un entrepôt de l'est de la ville. Généralement, il arrive avant son quart de travail pour faire des haltères dans la salle de gym en regardant sur grand écran le canal « Big Foot Destroy » allumé en permanence. Il n'a jamais été en couple et déteste sa mère, veuve, qu'il n'a pas vue depuis plus de cinq ans. Son frère passe le voir de temps en temps. Ils s'assoient et boivent de la vodka sur le balcon en silence pendant une heure ou deux.

Il faisait chaud en ce 13 août, le ciel était gris, Rudolf avait envie de sexe quand, en sortant d'un magasin d'informatique dans une autre partie de la ville, il décide d'aller au supermarché pour prospecter.

En traversant le stationnement, il aperçoit de loin une fille à la peau chocolat au lait, de taille moyenne, légèrement enrobée, à la chevelure spectaculairement noire et bouclée. Annabelle adore faire ses courses et prendre son temps dans la section des fruits et légumes ; regarder longuement les poivrons qu'elle affectionne particulièrement, les poires et les kiwis aussi. Pendant ce temps, Rudolf attrape un panier à main. Il souhaite la voir de plus près. Il traverse la section où elle se trouve, il la toise en se dirigeant vers le rayon des viandes, il se prend trois steaks, longe le fond du magasin et rejoins l'allée des sauces et condiments, il y ramasse deux boîtes de fèves à la mélasse ainsi qu'une bouteille de ketchup. Il va jusqu'au bout de l'allée puis retourne vers les fruits et légumes pour parler à « cette fille » mais elle est en conversation avec une préposée. Il attend, regarde les fromages en vente, tourne en rond. « Fait chier » pense-t-il : elle continue de discuter avec la préposée vis-à-vis des oignons. C'est trop long. Il s'en va à la caisse, paye et sort. Il attend à quelques de mètres de la porte, s'allume une cigarette et regarde son téléphone.

Une dizaine de minutes plus tard, elle n'est toujours pas sortie. Il s'impatiente. Par la grande vitrine du devant, il l'aperçoit dans une allée, seule. Il entre à nouveau dans le supermarché peu achalandé à cette heure puis va directement dans l'allée où il l'a vue. Elle est là qui hésite entre deux marques de spaghetti. Il s'approche, fait mine de choisir un paquet de Del Verde, là où elle regarde. Elle le voit. Il lui dit de but en blanc : « Toi, j'aimerais ça te fourrer ». Elle le regarde, héberluée : « Ça va pas dans la tête ? » Elle se recule, regarde vite autour d'elle s'il y a quelqu'un, comme si elle se cherchait un appui, comme si elle craignait une agression. Rudolf n'est pas du tout nerveux, il lui sourit. « Je te trouve vraiment belle. J'aimerais ça te fourrer, partout. »

- T'es un malade » dit-elle d'une voix forte en s'agrippant à la barre de son panier et en le tournant pour s'en aller. Rudolf y jette le paquet de fettuccine et le retient du même coup. Il lui dit : « Au moins c'est clair, je ne te niaise pas ». Avec son autre main, il sort un bout de papier sur lequel est écrit son numéro de téléphone et son adresse gmail. Tout va très vite. Il la regarde droit dans les yeux, place le papier dans le feuillage dru de l'ananas coincé entre une boîte de céréales et un paquet de fèves germées. Il lui dit : « Bonne journée » en lui faisant un clin d'œil puis il s'en va.

Le cœur d'Annabelle bat très fort. Elle ne se sent pas bien. Elle a vécu ça comme une transgession. Elle espère que personne n'a vu la scène car elle ressent une honte diffuse. Elle se dit qu'elle devrait aller le dénoncer au gérant du supermarché, mais « à quoi bon ? ». Elle prend le bout de papier, le chiffonne et le jette par terre dans l'allée. Ce mec, elle le trouvait potable physiquement, pas plus ou pas moins qu'un autre quidam. Plus les minutes passent, plus elle se calme. Cet incident la fait sourire un peu finalement. « Il n'avait pas les yeux d'un fou » pense-t-elle. Annabelle qui dernièrement disait aux filles qu'elle ne souhaite plus avoir que « des plans cul » car les garçons c'est trop compliqué. Elle qui a fermé son cœur à double-tour il y a deux ans, après que Jean l'eût quittée pour une fille rencontrée lors d'un séminaire à Toronto. Au fond ce qu'elle veut, c'est un garçon qui lui plaît, qui ne veut que du sexe, et de temps à autre, mais « il y a la manière quand même » pense-t-elle et « quel manque de fini, quel effronté ce gars » mais elle se dit également « je ne peux pas avoir le beurre et l'argent du beurre ».

Elle arrive à la caisse, il y a une cliente devant. En dégageant un Vanity Fair du présentoir pour le feuilleter, elle aperçoit le mec en question, au comptoir de service près de la sortie. Son cœur recommence à battre fort. La personne devant pousse son chariot, c'est à son tour. Elle dépose ses articles sur la courroie qui coule comme de l'eau dans un caniveau. « Avez-vous la carte fidélité Supra-Choix ?

- Non. »

Elle est nerveuse. Elle paye et prend ses deux sacs. Elle marche d'un pas décidé vers la sortie sans regarder dans la direction de Rudolf qui discute avec la caissière. Juste au moment où elle passe vis-à-vis de lui, il se retourne et l'interpelle : « Vous avez perdu ceci, mademoiselle ». Rapide comme un tigre qui bondit sur sa proie, il glisse un bout de papier dans le sac qu'elle tient de la main gauche. Elle ne regarde pas et continue droit devant. Il se retourne pour la suivre des yeux un instant, il la trouve vraiment de son goût. La caissière a l'air de se demander ce qui se passe.

Une fois dehors, Annabelle marche à grands pas, plus vite qu'à la normale. Elle file vers chez elle sans se retourner. Plein de choses lui traversent l'esprit. En arrivant devant son immeuble, elle pose ses sacs sur le petit banc, à droite de la porte et se dit tout bas :

« Ah, ça m'a fait du bien cette petite marche rapide. »

*

Michèle dort encore quand Irma se lève et enfile en silence une chemise à carreaux, une paire de gros bas de laine et ses vieux jeans amples puis descend l'escalier sur la pointe des pieds. Elle se dirige vers le salon en regardant la neige tomber, c'est la Saint-Patrick. Elle allume son téléphone, lit vitement les quelques messages de ses collègues :

« Profite bien » ... « Tu es chanceuse » ... « Pourrais-tu me remplacer demain, je sais que tu as quatre jours off mais... » ... « Comment tu as fait la dernière fois pour le protocole 24 ? » et cetera. Elle se laisse bercer un instant par la beauté du lac tout blanc et attend encore un peu avant de se faire un café pour ne pas réveiller Michèle. Elle le préparera juste avant de partir pour la quincaillerie où elle ira acheter des tablettes pour la salle de bains du sous-sol et fureter dans les allées, c'est son dada.

Elle parvient à répondre brièvement à tous ses messages et s'adonne à quelques recherches, d'abord sous « décoration scandinave ». Ça lui donne des idées qui la font rêver et elle peut se les payer. C'est exactement ce qui se passe avec les rénovations en cours au sous-sol.

Elle va dans la cuisine et prépare deux expressos. Elle boit le sien d'un trait puis avale une banane. L'autre, elle le dépose sur un plateau avec un croissant, du beurre, un verre de jus d'orange et de la confiture aux groseilles. Elle monte à l'étage et s'approche du lit pendant que Michèle se réveille doucement en s'étirant sous les draps comme un chat.

« Bonjour mon amour !

- Bonjour, ma chérie... Ah tu m'apportes le petit déjeuner au lit ! Tu as quelque chose à te faire pardonner, comme dans les films ?

- Non, mais j'ai envie d'aller tout de suite à la quincaillerie, tu me connais... Je devrais être de retour avant midi. »

« Mmmmmouaaaah, elle donne un gros bec sur les lèvres de Michèle qui lui flatte le derrière de la tête.

- Tu as ma bénédiction, mmmm qu'il a l'air bon ce croissant ! »

Une demi-heure plus tard, Irma stationne sa Subaru utilitaire mauve devant le Rona-des-Pays-d'en-Haut. Elle avait choisi ce modèle qui offre beaucoup d'espace pour transporter de gros outils. À côté d'elle, un homme dans un Ram arrive et se stationne. À cet instant elle n'aime pas ce qu'elle ressent. Elle reconnaît cet inconfort profond mais n'arrive pas à en définir la provenance. Est-ce de l'envie ? De la jalousie ? Du mépris ? Elle souhaiterait avoir l'arrogance de conduire un tel mastodonte en ces temps de surchauffe planétaire mais sa conscience l'en empêche. Elle aimerait éprouver la sensation de puissance que procure assurément la conduite d'un tel véhicule par sa hauteur, la largeur des roues, la force du moteur etc. « Dominer la route » comme ils disent.

Elle entre dans la quincaillerie, comme un gamin qui passe la porte d'un magasin de bonbons. Elle voudrait y passer des heures. Dans la rangée des perceuses, elle voit un père d'une quarantaine d'années avec son jeune garçon, en train de lui expliquer les différences entre deux modèles qu'il tient dans ses mains. Papa et fiston : les deux portent une casquette rouge, une grande et une petite, avec le même logo sur le côté. Irma n'entend pas ce qu'il lui raconte mais qu'importe, c'est assez pour la faire basculer dans la rêverie d'amener sa future fille ici, comme cet homme le fait avec son fils en ce moment. Elle vivra ça, elle aussi, un jour.

Après avoir visité la section des pièces automobiles et payé ses quelques bricoles, elle se dirige vers sa voiture et remarque une fille qui ferme la porte arrière de sa mini van en tapotant son toupet sur le côté de son crâne rasé. C'est Roxanne. Irma s'approche.

« Bonjour, Madame Demers ! » dit Roxanne en rougissant.

- Allô, comment ça va, toi ? Tu peux me tutoyer tu sais.

- Regardez ce que je viens de ramasser pour pas cher » dit-elle en ouvrant grand les deux portes arrière de sa vannette.

Irma étire le cou : « Wow ! C'est quoi ?

- Une bibliothèque murale en aggloméré, mais ça ne paraît pas trop que c'est de l'aggloméré. C'est de la très bonne qualité.

- C'est pour chez toi ?

- Ah... non, non, je l'ai achetée parce que c'est une aubaine, je vais l'entreposer dans le garage de mon père. Ce sera pour un projet plus tard, je ne sais pas trop.

- Ah... d'accord. Me laisserais-tu la regarder de plus près ?

- Certainement. »

Irma, appuyée sur le rebord du coffre arrière, penche le haut de son corps et s'étire pour toucher la texture des étagères démontées. La chemise sort de ses jeans, Roxanne remarque un tatou en forme de cœur vis-à-vis les reins, juste au-dessus de la ceinture. « Penses-tu qu'elle irait bien dans mon sous-sol où tu es venue l'autre jour ?

- Ben ça, Madame, c'est pas à moi de décider pour vous, euh pour toi... ? Je crois que vous avez déjà une bibliothèque en commande, non ? En pin du Colorado ? »

Irma se redresse, scrute le visage de Roxanne qui fixe le fond de la vannette de ses yeux noisette. Elle apprécie la vue de son petit nez retroussé, ses piercings aux oreilles et à la lèvre supérieure. L'apprentie menuisière ajoute : « C'est certain que ça irait bien et vous l'auriez tout de suite. »

Irma reprend: « Moi, je pense que ça irait très bien dans mon sous-sol.

- Mais je ne suis pas sûre que mon boss Christian aimerait ça, se faire annuler sa commande…

- Ça, ce n'est pas grave, je m'en occupe, dit Irma. De ce qu'on lui achète, il resterait quand même tout le bois du bar en plus de celui du mur en étagères.

- Ben là, je ne sais pas...

- Je comprends ton hésitation, mais tu sais, Christian il n'est pas à court de contrats ! Ça ne va pas lui couper les jambes si je ne lui achète pas la bibliothèque en pin du Colorado. Celle-ci, je la trouve vraiment belle, je pourrais te l'acheter tout de suite !

- Mais vous savez qu'il a déjà avancé l'argent pour le bois de la bibliothèque ?

- Bah, reprend Irma, il le revendra, ne t'en fais pas avec ça.

- Vous me faites presque dire oui, dit Roxanne en mordant dans une gomme Juicy Fruit saveur mangue. Elle en offre une à Irma. « Vous ne voulez pas en parler à votre amie avant ?

- Je sais qu'elle sera d'accord » répond Irma avec un sourire convaincant.

La présence de Roxanne déclenche chez Irma un désir de rapprochement, une envie de l'encourager dans ce qu'elle fait, dans ce qu'elle est, comme un besoin de la parrainer, peut-être même de la mettre sous une cloche de verre pour ne pas avoir à la partager avec d'autres.

- Écoute, je ne veux pas t'influencer, je comprends que ça te mette mal à l'aise, mais autant Christian Aubé t'a embauchée comme apprentie menuisière parce qu'il était débordé, autant il sera content pour toi quand tu auras tes propres contrats, crois-moi ! Et je t'en offre un, en ce moment, sur un plateau d'argent : parce qu'en plus de t'acheter cette bibliothèque, je te demanderais de venir l'installer à la maison. »

Roxanne fait tourner sa cheville droite, du bout de son orteil, elle regarde par terre. Irma enchaîne : « Combien vaut-elle cette bibliothèque ?

- Je l'ai payé cinq cents dollars.

- Je t'en donne mille. Si tu viens à la maison pour l'installer, je te payerai plein tarif, pas le salaire de débutant que te paye Aubé. »

Roxanne a les yeux écarquillés et rectifie : « Attention là, pour une apprentie, il me paye bien, en plus de me donner ma chance.

- Eh ben là, moi je t'offre une autre chance. »

Quelques minutes plus tard, la vannette de Roxanne suit le véhicule d'Irma sur le sinueux Chemin de la Paix à St-Sauveur. Elles arrivent dans l'entrée en demi-cercle. Michèle, à la fenêtre du deuxième, téléphone à la main, les voit arriver. Elle est à quelques minutes d'un zoom important. Absorbée par ce qui l'attend, elle n'est pas curieuse de savoir pourquoi Irma est suivie par une autre voiture, elle est habituée de laisser sa copine gérer tout.

Irma et Roxanne descendent au sous-sol les pièces de la bibliothèque démontée. « Ah, comme ça va être beau » répète Irma. Après une dizaine de minutes, c'est fait. « Est-ce que je t'offre quelque chose à boire ?

- Votre jus de l'autre fois, il était vraiment bon...

- Ça va me faire plaisir de t'en faire un, exactement pareil ».

Elles montent à la cuisine, se mettent à discuter d'ébénisterie, de mode et de mobiliers de salon.

Michèle les entend vaguement au loin au moment d'ajuster ses écouteurs avec micro intégré pour joindre son zoom avec l'équipe de l'université de Prague ainsi que les représentants de la firme Future Vision qui finance le projet de recherche et de développement dans la capitale tchèque.

La réunion se passe très bien, sans confusion. Lorsque survient la partie légale, cela dépasse le champ d'expertise de Michèle alors elle se contente d'écouter et de prendre des notes. Il est question de brevets sur les résultats des recherches à venir. Elle se sent agréablement dépassée par l'ampleur des propos, comme si sa création volait de ses propres ailes.

Si tout se déroule comme prévu, d'ici la fin mai, les travaux de construction d'un immense vivarium d'escargots commenceront à Prague. Il sera conçu afin de créer les meilleures conditions d'observation possibles du gastropode dans les sections simulant divers milieux vitaux. Certains seront idéals (espace adéquat entre les escargots, nourriture abondante etc.) d'autres, plus contraignants (surpopulation, manque de nourriture etc.)

Henri Laborit avait créé dans les années soixante le même genre de vivarium pour l'étude du comportement des rats. Un film intitulé

« Ratopolis » explique sa démarche.

Avec la création de ce nouveau centre, la sociobiologie entrera dans une nouvelle ère et l'on s'attend à des répercussions dans les domaines de la justice, notamment ceux des droits de la personne et du droit matrimonial. Durant la réunion, l'anatomiste en chef de la faculté de biologie a également évoqué la possibilité que l'influence des recherches qui s'y feront pourrait s'étendre à la chirurgie de réassignation sexuelle. Michèle trouve que ses collègues s'emballent beaucoup. Toutefois, elle a compris depuis qu'il ne faut pas freiner les initiatives de ceux qui l'entourent. Par contre, l'idée que la réassignation sexuelle se fasse à des prix exorbitants au privé l'indispose.

Dans un premier temps, ce qui est demandé à Michèle, c'est d'assister les concepteurs du vivarium. Elle devra se rendre à Prague pour un minimum de deux semaines à la fin mai. Une fois construit, le vivarium sera doté d'un système de chauffage et de contrôle d'humidité. De plus, il sera monitoré par un système de caméras, certaines fixes, d'autres mobiles.

Vers la fin de la réunion, il ne restait que Michèle et le directeur du projet au ton admiratif lorsqu'il s'adresse à elle. Aujourd'hui, il tenait à lui confirmer qu'une fois que le centre sera opérationnel, elle n'aura à se rendre à Prague que de façon sporadique. Elle pourra faire ses analyses de résultats depuis chez elle « dans votre Canada de neige » et de renchérir : « Vous êtes une jeune femme qui voudra certainement fonder une famille, vous avez votre vie là-bas, je suis bien conscient de ça. Sachez que tout sera mis en œuvre pour vous aider à ce chapitre ». Cela la rassure plus ou moins, elle n'a pas nécessairement envie d'entendre ça. Elle se contente de répondre : « Je verrai en temps et lieu. »

La réunion prend fin. Michèle entend Irma qui s'approche du bureau. Elle entre et vient enlacer son amoureuse assise devant son écran.

« Viens voir notre nouvelle acquisition, ma chérie. »

Elles passent par la cuisine et Michèle remarque les deux verres tubulaires vides avec des éclisses de pulpes d'orange traversées par la lumière du soleil. Les marches menant vers le sous-sol sont fraîches sous ses pieds, une odeur de bois atteint ses narines. Irma la devance en lui tenant la main...

« Regarde...

- Tu as acheté quoi ? Une bibliothèque ?

- Enfin on l'a ! On n'a plus besoin d'attendre ! »

Michèle est surprise. Irma continue : « Regarde comme les étagères sont épaisses. En plus, c'est pratiquement la même couleur que celle que l'on voulait qui était en commande. »

Michèle semble déstabilisée : « Écoute mon amour, oui elle est belle, elle est même parfaite, mais je ne trouve pas ça correct pour l'entrepreneur qui a déjà passé une commande pour nous. En plus il nous avait expliqué que c'était compliqué, parce que ça venait du Colorado. Il avait fait plusieurs appels là-bas pour nous mettre en priorité et il avait payé de sa poche le dépôt.

- Bah, tu sais bien que c'est exagéré ça, ils sont tous des menteurs » dit-elle en reprenant la main de Michèle et en la soutenant du regard.

Michèle fronce légèrement les sourcils : « Moi en tous cas je continue de penser que c'est pas correct.

- Voyons mon amour, ça n'est rien ça, tout à l'heure je vais lui envoyer un texto.

- Par texto en plus ? Voyons Irma, téléphone-lui au moins. Il a toujours été honnête avec nous.

- Je te répète de ne pas t'en faire, tu es trop sensible... Des gars comme lui, ça ne s'arrête pas aux détails. Je vais l'avertir qu'on a acheté autre chose, c'est tout ce qu'on a à faire. En plus, ça va lui permettre de terminer les travaux plus rapidement, il va se faire payer plus vite aussi. C'est ça qu'ils veulent tous de toute façon : se faire payer. Et lui ? Il n'est pas mieux qu'un autre.

- Mais le dépôt qu'il avait fait pour nous ?

- Il va s'organiser pour se faire rembourser. Ne t'en fais pas pour ça, je te dis. Pour l'instant, la bonne nouvelle c'est que dès ce soir la bibliothèque sera montée ! La petite Roxanne va faire ça pour nous. Elle revient à deux heures avec ses outils. »

Michèle la regarde avec un sourire en coin : « Tu me mets devant le fait accompli là ?

- Michèèèèle, tu le sais que ces affaires-là ça ne t'intéresse pas, tu me l'as souvent dit toi-même. T'aimes mieux que je m'en occupe.

- Oui c'est vrai mais là je trouve que ça fait beaucoup. Ça me met mal à l'aise face à lui. En plus, d'habitude tu me consultes au moins ?

- Oui mais là ça s'est passé vite, c'était une occasion à prendre ou à laisser.

- Ouainnnn » fait Michèle d'un ton dubitatif.

Irma réplique : « En plus c'est un encouragement pour la petite qui commence là-dedans ! Elles ne sont pas nombreuses les filles en ébénisterie... Nous, on fait notre part en embauchant la petite Roxanne.

Michèle se rend à l'évidence qu'elle ne pourra pas changer la situation. Elle ne veut pas avoir une dispute alors elle se retourne en haussant les épaules puis se dirige vers l'escalier. Irma la suit et tente de la distraire en demandant : « Qu'est-ce que tu dirais d'un bon milk-shake aux bananes ? »

*

Isidore et Nelson sont assis dans la voiture en face du poste de police #7 d'Abidjan. « Ok, dit Nelson en tentant de garder son calme, ça te fait plus mal, ton œil au beurre noir ne paraît presque plus mais ce n'est pas une raison pour ne pas aller porter plainte.

- Nelson, je le sais que tu as raison… Mais je pense que ça ne servira à rien et en plus, comme je te l'ai dit au moins cent fois, je suis certain qu'un des deux qui nous ont agressés, le grand, c'est quelqu'un de la police ou qui a déjà - t r a v a i l l é - pour la police, dit-il en appuyant sur ses mots, parce que j'ai vu l'insigne sur la matraque qu'il avait. Si on tombe face à face avec lui dans le poste, on fait quoi ?

- Là n'est pas la question, Isi. Ces deux-là sont des brutes qui peuvent récidiver contre n'importe qui. Aimerais-tu ça apprendre que c'est arrivé à quelqu'un d'autre aussi ? »

Cette phrase a un effet coup de poing, Isidore ne s'y attendait pas. C'est ce qui manquait pour le convaincre d'agir. Il sort d'un bond de la voiture, ajuste le bas de sa chemise et ferme la portière. Il bouge vite, par crainte de changer d'idée avant d'avoir agi. Nelson sort aussi du véhicule et le rejoint. Les deux montent à intervalles les marches pour entrer dans le commissariat.

Ils n'attendent pas longtemps. On les place dans une petite pièce donnant sur la cour arrière où un jardinier collé à la fenêtre taille un hibiscus. Un officier entre. Mi- cinquantaine, crâne rasé. Il dévisage les deux victimes et leur dit : « Racontez-moi ».

Isidore commence : « Nous étions au restaurant chez Ernest quand deux hommes assis à une autre table ont commencé à nous insulter. Je leur ai dit de se la fermer mais ils ont continué. Le patron leur a demandé de partir, ce qu'ils ont fait. Quand plus tard nous sommes sortis, un des deux nous attendait dans sa voiture et l'autre derrière le mur à l'angle de la 7e rue. C'est là qu'ils nous ont agressés, sans raison.

- Hum, hum, fait le policier... Qu'est-ce qui vous fait dire que c'était leur voiture ? »

Isidore et Nelson se regardent, étonnés de la question.

L'officier reprend : « Vous avez dit qu'un des deux vous attendait dans sa voiture, qu'est-ce qui vous fait dire que c'était « leur » voiture ? Nelson répond :

- Eh bien on n'en est pas certains mais on suppose que c'était ça ? »

Silence.

L'officier regarde sa feuille.

Isidore continue : « Est-ce que ça a une importance, vraiment ? On vient vous raconter l'agression qu'on a subie.

- Vous devez me raconter les faits, que les faits. Pourriez-vous me donner une description physique ? » Nelson répond : « Oui, nous avons dessiné deux croquis.

- Ha ! Donnez-moi. »

Il sort les croquis et les lui tend. L'officier les regarde un instant, lève ses yeux pour scruter les deux plaignants à nouveau. Il écrit, dans sa déposition, très lentement, prenant son temps :

1- Grand - dos courbé - barbe.

2- Petit - ventre - chauve.

Il redonne les croquis à Nelson.

Isidore dit : « Vous ne les gardez pas ? Ils sont beaucoup plus précis que ce que vous venez de noter !!! »

- Je remplis votre déposition, dit le policier d'un ton sec. C'est pour faire une déposition que vous êtes venus ici, n'est-ce pas ?

- Oui, mais enfin ça vous aiderait d'avoir ces dessins en votre possession, il me semble ? »

Le policier ne répond pas.

« Quel est le motif de l'agression ?

- Il n'y en a pas, répond Nelson du tac au tac. Nous étions au restaurant bien tranquillement, nous n'avons pas provoqué ces gens de quelque façon que ce soit.

- Quand ils vous ont parlé, qu'est-ce qu'ils ont dit ?

Isidore répond sèchement :

- Des insultes.

- Quel genre d'insultes ? »

À ce moment, on entend cogner. « Oui ? » demande l'officier. Une jeune femme entrouvre la porte mais en voyant son supérieur en entretien elle dit : « Je vous ferai signer tout à l'heure.

- Mais non, entrez, vous ne dérangez pas. »

Elle entre. « Bonjour » dit-elle en direction des deux citoyens. Elle s'approche et tend les papiers à signer celui qu'elle appelle détective. Il lui pose quelques questions rapides auxquelles elle répond promptement.

« Voilà » confirme-t-il en pliant un feuillet qu'il ajoute aux autres et lui sourit en lui rendant le tout. Elle salue d'un mouvement de tête puis se dirige vers la porte. L'homme l'observe marcher de dos. Elle sort.

« Alors, dites-moi, quel genre d'insultes vous ont-ils faites ? »

Isidore répond : « Un des deux redisait tout haut ce que je venais de demander à la serveuse en imitant ma voix. »

Le détective reste de glace, regardant Isidore droit dans les yeux.

Silence.

Nelson ne tient plus et dit : « Ils nous traitaient de pédales.

- Ils vous traitaient de pédales, c'est ça ? »

Les deux acquiescent en hochant de la tête. Ils bouillent à l'intérieur. Le détective les fixe et demande lentement : « Est-ce que vous ... » en hésitant.

Isidore se lève et donne un coup de poing sur la table. « JE SAVAIS QUE ÇA NE DONNERAIT RIEN DE VENIR ICI » crie-t-il violemment puis d'un même élan se dirige vers la porte. Nelson le suit après avoir soutenu le regard du détective, impassible. En sortant, ce dernier claque la porte si fort qu'elle ne fait que rebondir sans s'enclencher. Les deux se ruent vers la sortie. Isidore fait tomber une chaise sur son passage et lance avec rage : « Merde de putain de merde de putain de merde !!! ... »

*

« Bella Donna Lucia / Tu sei la piu bella / Si les étoiles brillent c'est pour que le ciel ne perde pas ses repaires quand il voit tes jambes avancer sur la Terre... »

En soutien-gorge et petites culottes, face au grand miroir du walk-in adjacent à sa chambre, Lucie relit vitement ces mots que Marco lui a écrits sur du papier à lettre mauve. C'est l'heure du souper, Patrice est en bas avec les enfants, ils l'attendent. Elle est rentrée plus tard du bureau ce soir. Elle est montée pour se changer rapidement avant d'aller les rejoindre.

« C'est prêt ! »

Quand Patrice prépare un repas, c'est toujours la recette de lasagne de sa mère. Quand il lui rend visite, elle lui donne des pots de sauce, il n'a plus qu'à concocter le reste.

En un instant, les enfants ont tout englouti puis s'en retournent au salon continuer leur partie de battleship. Le couple reste autour de l'îlot en terminant leurs assiettes. Patrice sert à Lucie un troisième verre de Chianti.

« Quand ils t'assignent un nouveau dossier, toi tu prends les bouchées doubles, comme toujours, hein ma chérie ?

- Tu me connais bien ... Par contre, je ne comprends pas Maître Dellini cette fois, il ne nous laisse pas de marge de manœuvre pour préparer la défense de notre client. Il appréhende les coups plus que jamais en extrapolant sur les répliques éventuelles de l'autre partie, c'est pas évident pour nous.

- Es-tu toute seule à travailler là-dessus ?

- Non, il y a Marco aussi, le neveu de DaVerdi. On se divise la tâche.

- Ah oui ? Le bouclé ?

- Oui, c'est ça.

- Si je me souviens bien il n'est pas trop jasant celui-là, je me rappelle au party de bureau l'an dernier...

- Il est encore très timide. Il ne s'est pas encore fait une vie à Montréal donc il se donne pas mal au travail je te dirais, ce qui fait mon affaire car on bosse bien ensemble. Et là, tu vas le revoir ! » dit-elle avant de prendre une grande gorgée de son verre ballon.

« Ah oui, pourquoi ?

- Jeannie organise un vernissage le 20 mai, ça va venir vite. Elle nous invite. Nous deux, Annabelle, Irma et Michèle. Elle y tient. Que tu viennes, je veux dire... »

Pause. On entend le lave-vaisselle qui se met en marche.

Elle reprend : « Les filles t'aiment beaucoup, tu sais. Elles ne t'ont pas vu souvent mais elles ont vite compris que j'ai le meilleur des chums » dit-elle d'un ton amoureux, en s'assoyant sur lui à califourchon. Elle rajoute : « Savais-tu qu'elles entendent souvent parler de toi dans nos cinq à sept, chaque vendredi ?

- Il y sera aussi, le Marco ?

- Jeannie nous a demandé de penser chacune à d'autres personnes que l'on pourrait inviter. Elle veut vraiment créer un événement. C'est une formule apéro avec des bouchées, du mousseux. Tu vois le genre... C'est pour le dévoilement des photos qui seront exposées dans des parcs de la ville à partir de juin. L'expo va durer deux semaines et on est invité à la soirée d'ouverture. C'est le vendredi de la fin de semaine du congé des Patriotes.

- Pourquoi inviter Marco ?

- Parce que c'est un gars très raffiné, qui aime les belles choses : un Italien, quoi ! Donc il va aimer, c'est certain. Et ça va lui faire une sortie...

- Ah bon » répond Patrice, plus ou moins indifférent. Il se dirige vers le frigo, sort une bouteille d'eau pétillante et dit : « En tout cas, ces jours-ci tu as l'air pas mal plus détendue que quand tu es obligée de t'escrimer sur des dossiers avec Nadia, la grébiche . Celle-là, moi je ne suis pas capable de la voir en photo.

- Oh arrête, elle n'est pas si mal.

- Tu dis ça maintenant, mais quand tu bosses sur des dossiers avec elle, c'est moi qui dois t'endurer. Elle ne sera pas là j'espère ?

- Non » répond Lucie en riant. Elle prend son mari par la main pour l'entraîner au salon rejoindre les enfants.

*

Le printemps est bel et bien arrivé à Philadelphie. Le vert tendre des bourgeons innonde les écrans sous le soleil de midi. L'avocat de Precious Life arrive néanmoins à capter l'attention en disant : « Ça ne fait pas l'affaire de certaines mères non plus car elles ne peuvent plus dire : *eh que tu ressembles à ton père* quand les gamins font des mauvais coups. HAHAHA ! Non mais vous savez, blague à part, reprend-il avec un fort accent anglais, je dirais que quatre-vingt-quinze pour cent des clientes de Precious Life - et nous leur avons posé la question, croyez-moi - préfèrent que la situation reste telle quelle : ces femmes qui ont choisi d'avoir recours à un donneur anonyme pour créer une famille ont bien pesé le pour et le contre. D'ailleurs au préalable, elles doivent remplir un questionnaire et avoir un minimum de trois rencontres avec un psychologue, mon client ne prend pas les choses à la légère. Il fait preuve d'une rigueur exemplaire et d'un engagement en termes d'éthique et de qualité de service tout simplement admirable. »

Le journaliste commence à poser une autre question mais l'avocat reprend : « Oui, excusez-moi de vous interrompre, mais laissez-moi ajouter que la partie adverse, qui demain tentera de prouver que Precious Life ne fait qu'engranger des profits sans investir pour se tenir à jour selon les plus hauts standards de conservation de ses produits, est totalement dans l'erreur. Nous prouverons le contraire. Mon cabinet ne défendrait pas cette compagnie si j'avais le moindre doute à ce sujet.

- Maître Warren, je vais vous demander votre opinion sur le débat concernant l'optimisation génétique qui a cours actuellement et qui pourrait, selon certains, avoir une incidence sur l'issue du procès.

- Oui, je comprends. Il est clair que de plus en plus de clientes de Precious Life posent des questions concernant la qualité des codes génétiques contenus dans les spermatozoïdes. Des études récentes démontrent que depuis quelques dizaines d'années, le nombre de spermatozoïdes que produit un homme normal tend à diminuer. Est-ce la pollution ? Est-ce la nutrition ? Loin de moi l'idée d'émettre une opinion sur ce sujet mais néanmoins, on tend à croire que ces facteurs jouent un rôle. De même que l'on remarque, depuis quelques années, que de plus en plus de jeunes ont des problèmes de développement : des retards d'apprentissage et cetera. Il y a également un nombre croissant d'autistes. Quelles en sont les causes ? Personne n'a la réponse. »

Il marque une courte pause, dévisage le journaliste puis reprend :

« On ne peut rien conclure de ce côté mais nous sommes en droit de nous demander si la détérioration de l'environnement en général, l'appauvrissement des sols où poussent les aliments que l'on mange, la transformation de ces mêmes aliments et les produits chimiques de toutes sortes que l'on absorbe de façon continue, en sont responsables. Or, en vertu du principe même de notre démocratie, de notre monde de libre entreprise, je ne vois pas pourquoi Precious Life ne pourrait pas, et je sais qu'elle s'y prépare déjà, offrir à des clientes qui le souhaiteraient, la possibilité d'acheter des semences datant d'une époque antérieure à la leur. Ce qui veut dire que dans le futur, Precious Life vendra des semences qui datent d'il y a quelques années, voire dix, vingt ou même trente ans. Pardonnez-moi cette analogie mais ce serait comme pour certains vins, plus ils vieillissent, meilleurs ils sont ! Dans le cas des spermatozoïdes, ce n'est pas que le vieillissement les améliorerait mais plutôt que leur date de production serait un gage de meilleure qualité, puisque remontant à un temps où la dégradation générale de l'environnement et ses effets sur la transmission génétique étaient moindres. Bien sûr, il y aura un prix à ça car que de telles avancées nécessitent des investissements colossaux mais ... c'est le futur ! » termine-t-il en souriant.

Le journaliste demande alors : « Ils y travaillent déjà ?

- Oui, oui, bien sûr... Si vous me le permettez, en extrapolant, on pourra même dire plus tard, qui sait, dans cent ou deux cents ans, que ces femmes ayant choisi de payer plus cher pour acheter ce sperme vintage, si je puis dire, auront ni plus ni moins sauvé l'humanité de la déchéance physique en choisissant de faire croître en elle des êtres dont la moitié du bagage génétique provient d'une époque antérieure à la leur. » En terminant sa phrase, il se met à rire et le journaliste aussi.

Michèle écoute distraitement cette entrevue en direct depuis sa chambre, assise sur le coin du lit, en train de plier des vêtements, quand elle entend un véhicule arriver dans l'entrée. Elle se lève, regarde par la fenêtre, c'est Christian Aubé dans son camion. Il sort du véhicule et s'approche de la maison. Elle entend la sonnette. Vêtue de son pyjama de satin beige, elle descend, embarrassée d'aller répondre dans cette tenue à cette heure de l'après-midi.

« Vous êtes Michèle, n'est-ce pas ?

- Oui.

- Excusez-moi si je n'étais pas certain de votre nom, normalement c'est Irma que je vois, dit-il avec un sourire.

- Eh bien y'a pas de problème.

- Je suis désolé de ne pas avoir téléphoné avant, c'est que je passais par ici. J'espère que je ne vous dérange pas ?

- Non, non ça va.

- Je ne serai pas là longtemps, je viens juste prendre des mesures. J'ai aussi eu une bonne nouvelle : je vais recevoir la livraison du pin du Colorado plus vite que prévu, soit la semaine prochaine.

- Ah, d'accord, mais est-ce qu'Irma vous a contacté ?

- Non, pourquoi ? »

Michèle devient très mal à l'aise, son visage rougit : « C'est bizarre elle avait dit qu'elle vous enverrait un courriel...

- Ah oui ? Mais vous savez moi, je ne vais pas voir ça tous les jours, les messages sur l'ordinateur. C'était quand ?

- Hier. C'est qu'en fait les plans ont changé, je veux dire pour la bibliothèque, dit-elle lentement, seulement pour la bibliothèque... On en a acheté une autre toute faite…

- Ah bon ? J'aurais dû lire son message alors !

- En fait, c'est elle qui aurait dû vous appeler à la place. Je lui avais dit d'ailleurs. »

Elle regarde par terre, sa main gauche qui bouge de bas en haut traduit bien son embarras. Elle ajoute : « En fait, j'aurais pu vous appeler moi-même, je suis vraiment désolée. »

Silence.

Christian la regarde avec un visage apaisant... « Bah, ce n'est pas grave, ne vous tourmentez pas avec ça. »

Michèle est dans le vestibule, lui à l'extérieur devant la porte.

« Je peux rentrer quand même, pour aller prendre mes mesures ?

- Bien sûr, bien sûr » dit Michèle d'un ton à demi soulagé.

Christian Aubé passe la porte, il enlève ses bottes, fait quelques pas avant de baisser la tête pour passer l'embrasure menant au sous-sol. Michèle allume la lumière de l'escalier, puis celle d'en bas. Il commence à descendre les marches, elle le suit puis elle est soudainement frappée par la carrure de ses épaules. Elle n'avait jamais remarqué. Il a la nuque bien rasée et porte une casquette. Elle a un flashback, se revoyant toute jeune quand son père regardait du bout de sa chaise des matchs de football à la télé. Ça ne l'intéressait pas du tout mais elle se remémore les joueurs des deux équipes qui se fonçaient dedans après le coup de sifflet et le mouvement qui s'en suivait comme si c'était du souque à la corde, un amas de personnes bougeant selon le mouvement de la force exercée des deux côtés.

Il voit la bibliothèque, s'en approche et la touche. « C'est très différent du pin du Colorado, c'est autre chose. Vous l'avez prise où ?

- C'est Irma qui a eu un coup de cœur, je n'étais pas là.

- C'est vous qui l'avez montée ? »

Michèle est de nouveau mal à l'aise.

« En fait, Irma l'a achetée de Roxanne qui vous accompagnait l'autre jour. Elle l'a vue par hasard dans le stationnement de chez Rona. C'est elle qui est venue la monter aussi. »

Michèle se tient sur une jambe, appuyée sur une poutre de soutien, elle est en équilibre et se gratte le bas du dos avec son autre main.

Lui, il se penche, examine les encoignures de la bibliothèque.

« Elle a bien fait ça » dit-il en regardant Michèle avec un sourire honnête et pas du tout sarcastique.

Christian Aubé a décidé il y a quelques années de ne plus se laisser envahir par les émotions négatives. Il réussit presque tout le temps. Il les chasse de son esprit dès leur apparition. « Ça coûte trop cher émotivement » se dit-il. Il préfère passer l'éponge. Il va y repenser plus tard mais n'ira pas jusqu'à se faire du mauvais sang et laisser se développer une hargne, voire une colère. Il se paye le luxe de ne pas se prendre la tête avec ça, si bien qu'il ne songe même pas à demander un remboursement pour le dépôt.

« C'est certain que ce n'est pas aussi beau que du pin du Colorado, dit Michèle.

- Mais ça fait la job » termine Christian.

De sa poche arrière, il sort un ruban à mesurer, tout en se dirigeant vers l'autre coin de la pièce où il construira le bar. Il se penche à nouveau et prend des mesures. Michèle est saisie par le détachement dont il fait part. Elle ne sait pas comment analyser le fait qu'il n'ait pas demandé plus d'explications, qu'il semble être déjà passé à autre chose. Elle l'écoute faire des calculs à voix basse. Elle a l'impression d'avoir devant elle quelqu'un de complet, un être qui ne semble pas avoir besoin de l'assentiment d'autrui pour être bien.

Il se relève. « Ok, j'ai vu ce que je voulais voir. Est-ce que c'est correct si je reviens mardi matin pour avancer les travaux ? Justement je vais être avec Roxanne.

- Certainement. Irma ne sera pas là mais moi j'y serai.

- Oki.

- Encore une fois merci, Monsieur Aubé. Je suis vraiment désolée pour ce qui est arrivé, ce changement à la dernière minute...

- C'est pas important, je vous dis. »

Il sort. Michèle referme la porte, elle ressent de la honte. Elle ne veut pas rester dans la cuisine car elle a l'impression que ce sentiment va l'envahir encore plus. Elle remonte rapidement vers la chambre où la télé est allumée.

En passant près du lit elle ramasse du bout des doigts un drap à plier et va à la fenêtre. Elle voit Christian de dos qui parle au téléphone debout devant la portière ouverte de son camion. Elle l'observe. Il a enlevé sa casquette. Il semble avoir terminé son appel, il dépose son téléphone sur la banquette. Il s'étire, prend quelque chose plus loin qu'elle ne voit pas. Toujours de dos, il sort la chemise de ses pantalons et, sans la déboutonner, il la passe par-dessus sa tête. Elle remarque encore une fois ses épaules larges, elle s'attarde à la courbure du haut de son dos musclé. Ses mains font quelque chose, sans doute elles replient la chemise qu'il portait, cela fait onduler des vagues subtiles à la hauteur de ses omoplates. Il est fait en forme de V. Plus bas elle remarque que sa taille n'est pas entourée de ce qu'on appelle des poignées d'amour. Les yeux de Michèle remontent vers la nuque, forte et droite. Le soleil brille dans le milieu du dos de Christian, ça lui fait penser aux dos reluisant des dauphins qui bondissent hors des vagues bleues roulant au bord d'une plage du sud. Ces mammifères s'amusent avec le mouvement de l'eau pour l'unique bonheur d'exister, de jouer. Elle aime regarder ces vidéos quand ils apparaissent aléatoirement sur Awesome Life dans Instagram. Christian Aubé passe ses bras dans les manches et enfile d'un seul coup son gilet bleu. « N'a-t-il pas froid » se demande-t-elle ?

*

L'hiver a le bras long mais les manches dépassent : il reste encore beaucoup de neige même si le soleil a pris de l'avance sur le printemps et vient chauffer la peau de ceux qui la dévoilent comme on fait l'école buissonnière le long d'un chemin de fer quand on a besoin de lumière.

Sylvia a sorti une chaise pliante pour s'asseoir dans le parc en face de chez elle. Elle a son téléphone à la main car Irma doit l'appeler de l'épicerie pour lui demander ce dont elle a besoin. À une vingtaine de mètres, deux surveillants de la cour d'école adjacente au parc sont là, un gars et une fille. Ils discutent tout en surveillant le groupe d'enfants qui jouent devant eux. C'est la fin de la récréation mais les enfants ont quartier libre pour le reste de l'après-midi.

La gestuelle du gardien en dit beaucoup. Il bouge lentement le bassin de gauche à droite et parle avec son menton soulevé, lancé dans un monologue. Il a les bras croisés et il hausse souvent les épaules. Elle le regarde, le menton relevé aussi, en acquiesçant de la tête à tout bout de champ. Il doit mesurer six pieds, elle un peu plus de cinq. Devant eux, une bande de gamins jouent au roi de la montagne sur une butte enneigée. Elle se met à rire suite à ce qu'il vient de dire. Il a l'air fier de son coup, on le sent dans une dynamique de séduction. Elle cherche quelque chose dans son manteau. Elle lui fait un signe « je reviens ». Elle part pour aller fumer une cigarette à la limite extérieure du parc.

Sur la butte on voit cinq garçons qui se poussent et se roulent dans la neige, on entend des « Aïeeeee », « C'est moi le roiiiiiiii !!! » ... Toi, ennemi de moiiiiiii ». Un autre qui monte, il se fait pousser ; un autre arrive at attrape le roi par la cheville pour le faire tomber. Éclats de rires. Et ça recommence. Le surveillant lance une balle de neige au roi déchu. Il rit avec les gamins. Sylvia, assise sur sa chaise, regarde la scène de loin et sourit.

La surveillante, située à une vingtaine de mètres de là, fume sa cigarette en parlant au téléphone et observe de loin ce qui se passe. Le surveillant crie : « allez, allez, on attaque ! » pour encourager encore plus les aspirants rois qui gravissent la butte en glissant et en recevant des gros morceaux de neige. Puis tout à coup l'un de ceux qui rampent vers le sommet reçoit sur son bras le poids d'un autre qui, arrivé devant lui, tombe à la renverse. Il redescend la butte en se tenant le bras, on voit qu'il a mal. La surveillante, du bord de la grille là-bas avec sa cigarette, siffle avec ses deux doigts dans sa bouche, un sifflement fort comme celui d'un arbitre de soccer. Elle attire l'attention de l'autre surveillant qui a vu ce qui s'est passé mais qui ne considère pas ça grave. Elle lui fait de grands gestes du genre « occupe-toi de lui », comme donnant un ordre. Le surveillant à la couette de cheval semble surpris : « A-t-elle vu quelque chose qui m'a échappé ? » se demande-t-il. Il s'approche du gamin sur qui l'autre était tombé et lui demande si ça va. Le petit répond que oui puis il se retourne avec le regard d'un conquérant prêt à bondir et hop, il repart à l'assaut de la butte.

Sur ces entrefaites, une gamine plus grande, d'environ 10 ans, s'approche du surveillant et lui demande si elle peut jouer, elle aussi, sur la butte. « Bien oui, vas-y ! » dit-il en lui donnant une poussée dans le dos alors qu'elle s'élance pour se joindre à la bataille. Elle monte, elle crie en tentant de devenir la reine de la montagne. Ça rit, ça crie de plus belle ! On entend des « Moi je vais t'écraser ... C'est moi le roi… » Deux d'entre eux arrivés au sommet tombent et roulent tout en faisant tomber deux autres garçons. Tout à coup la fille arrive au sommet. « C'est moi, je suis la reine !!! » Elle se fait attraper par la cheville, elle tombe la face la première dans la neige pendant qu'un autre passe par-dessus pour gravir le dernier échelon. « Je suis le roi !!! » La fille avec la tête à la renverse a de la neige plein le visage et dans son colde manteau. Elle bascule, rit et s'agrippe à un ennemi devant elle pour remonter quand tout à coup, on entend la voix forte et autoritaire de la surveillante, qui a terminé sa cigarette : « Ok c'est fini, c'est dangereux, allez faire autre chose avant qu'il y en ait un qui se blesse ». Elle s'approche, leur fait signe de se disperser.

« C'est fini ! » répète-t-elle d'un ton militaire et cassant. Le surveillant qui est juste derrière, en train de rattacher les lacets d'une botte d'un des gamins, entend ça mais il ne comprend pas. Il reste surpris mais ne dit rien car elle a plus d'ancienneté que lui. Un des aspirants rois demande, tout déçu : « Oh non... Pourquoi ? » … Un autre : « Ah....zut ... on avait du fun... » Ils se dispersent contre leur gré. La surveillante rajoute : « Allez les enfants, c'est fini le jeu de la montagne, on va aller regarder un film au sous-sol. »

Sylvia, qui assiste à la scène, trouve ça terrible : foutre les enfants devant la télé au lieu de les laisser jouer dehors. Son téléphone sonne. « Allô, c'est Irma. J'ai pris du retard, je suis chez la boulangère et après je vais chez la poissonnière et ensuite chez la bouchère, as-tu besoin de quelque chose ? »

*

« Pourrais-tu juste baisser ton écran, je ne te vois que le dessus de la tête » dit Jeannie à Isidore.

Il est dix-neuf heures à Abidjan, quinze heures à Montréal. On est dimanche. Elle est encore en robe de chambre ; lui en t-shirt blanc sur son balcon, l'eau perlant sur son front. Aujourd'hui, Jeannie a mis du rouge à lèvres et a dévoilé son galbe avant d'appuyer sur l'icône de la caméra. Elle n'a pas vu Isidore en direct depuis près de deux semaines, ce qui est ultra rare. Fébrile et légèrement inquiète, la conversation avec Annabelle lui était revenue en tête. Elle s'est dit qu'elle devrait la jouer « plus physique » avec son copain ivoirien si elle veut mettre toutes les chances de son côté.

« Ah, là je te vois mieux...Qu'est-ce qui s'est passé ??? Tu t'es battu ?

- Oui, il m'est arrivé une malchance lors d'un arrêt sur la route d'Azdopé la semaine dernière. C'est pour ça que je ne voulais pas faire un Facetime tout de suite, je ne voulais pas que tu me voies comme ça....

- Oh mon chou, mais pourquoi tu as pensé ça ? Qu'est-ce qui est arrivé ? Est-ce que tu t'es fait mal ailleurs ?

- Au bras et au bas ventre, oui. Tu sais, je dois aller à Azdopé de temps à autre depuis que j'ai conclu une entente avec le producteur de café là-bas... Sur la route du retour, à mi-chemin, je me suis arrêté pour acheter un jus. À cet endroit quelqu'un m'a invectivé, probablement parce qu'il a vu que je venais de la capitale.

- Tu étais avec Mariam ?

- Non, j'étais seul. Elle m'avait prêté sa voiture pour la journée » dit Isidore en ne fixant pas l'écran.

« Mais pourquoi toi ? Je ne peux pas le croire, tu es tellement quelqu'un de doux.

- Je te l'ai déjà dit, mon pays c'est un pays de fous, j'ai hâte d'aller te voir à Montréal. C'est pour ça aussi que je veux faire affaire avec des gens d'ailleurs. Ici, les gens, ils sont jaloux. D'une région à l'autre il y a des rivalités, c'est terrible.

- Oh que j'aimerais ça te tenir dans mes bras, je prendrais soin de toi, dit-elle d'une voix mielleuse.

- Je suis sorti du petit magasin et en retournant vers ma voiture ils se sont mis à deux sur moi, ils m'ont rossé. Heureusement je me suis dégagé assez rapidement. J'ai très hâte de te voir Jeannie, je t'avoue que cet événement précipite les choses dans ma tête. J'ai vraiment besoin de me changer les idées, d'avoir de nouvelles perspectives. Si tu veux, je pourrais aller te visiter au mois de mai ? »

En entendant ça, Jeannie écarquille les yeux et sourit. « Oh ! que j'aimerais ça.

- En plus, je ferais des contacts chez toi comme on avait dit...

- Mais ouiiiiii ! Ce serait en plein durant l'exposition que je prépare en ce moment. Tu constaterais de visu l'aboutissement du travail dont je te parle depuis longtemps ! Et en mai, il fait beau ici, c'est le début de l'été.

- J'avais pensé rester trois semaines, est-ce que c'est trop ?

- Pas du tout, tu pourrais rester deux mois si tu le voulais.

- Enfin, on va passer du temps ensemble. »

*

Annabelle a décidé de ne pas revenir sur l'incident de la dernière fois avec Rudolf. Elle a tourné la page mais elle en a gardé quand même une pointe de rancœur qu'elle arrive à glisser sous le tapis pour leur rencontre d'aujourd'hui. C'est la première fois qu'ils font une sortie publique ensemble. Rudolf lui a donné rendez-vous en face du cinéma

L'Horreur, pour la première représentation d'après-midi, ce qu'en anglais ils appellent les *matinees* en prononçant le « s » à la fin.

Situé au centre-ouest de la ville, le bâtiment construit dans les années vingt a eu plusieurs vies. Bâti pendant la première grande époque hollywoodienne, il faisait partie des premiers *theaters* avec leurs colonnes gréco-romaines et la haute façade byzantine. Au début il y avait un pianiste à côté de l'écran. Plus tard le film parlant est arrivé et ensuite la guerre a entraîné une fermeture. Le lieu est devenu une banque pendant plus de deux décennies. Il a ensuite été abandonné pendant longtemps avant d'être racheté par une association de réalisateurs indépendants. Rudolf ne sait rien de cette histoire mais en tant qu'adepte de films d'horreur, il connaît l'adresse.

Annabelle met du rouge à lèvres avant de descendre de l'autobus qui la dépose à un coin de rue de là. Il vente terriblement. Elle voit Rudolf qui fume au coin de la rue.

« J'ai réussi avec une seule allumette » est la première chose qu'il lui dit. Il reste la moitié de sa cigarette quand il la tire par terre devant la porte vitrée qu'il ouvre en laissant passer Annabelle devant.

Rudolf paye les billets, elle en est surprise.

Ça sent le popcorn comme dans n'importe quel cinéma mais ici c'est tout ce qu'il y a, et des boissons pétillantes en bouteilles. Il fait sombre, même dans le vestibule. Tout est vieux et ça sent le vieux. « Je vais aux toilettes » dit Rudolf.

En attendant, Annabelle se dandine devant le petit passage menant à la salle de projection. Elle s'attarde à l'affiche du film qu'ils vont voir : « The Great Revenge », en lice pour la palme d'or du Festival International du Film au Féminin dont toutes les œuvres présentées doivent être concoctées uniquement par des femmes: du scénario initial, jusqu'au générique final, en passant par la prise de son et les décors, bref toutes les étapes de la production. Pour « The Great Revenge », la réalisatrice Debbie Guillot s'est inspirée à la fois de

« Massacre à la tronçonneuse » et du parcours difficile d'une de ses amies. En-dessous de l’affiche, on lit : « Vous assisterez à la vengeance sanguinaire et sans merci d'une justicière qui vous glacera le sang. »

Rudolf revient puis il la devance dans le passage sombre. Ils sont seuls dans la salle et s'installent au milieu de la dernière rangée. « Wow ! » dit Annabelle en regardant le plafond peint de scènes de la grande dépression de 1929. Évidemment le plancher n'est pas incliné (c'est un ancien cinéma) mais l'écran est haut. Deux autres personnes entrent séparément, elles vont s'asseoir à l'avant. Les sièges dodus sont recouverts de velours rouge.

La lumière descend très lentement. Annabelle prend un ton professoral et dit tout bas à Rudlof : « Cet effet théâtral, souvent négligé dans les grandes salles modernes, favorise la plongée dans la fiction. »

Noir.

On entend le bruit du popcorn que brasse un spectateur assis en avant à droite. Il le brasse de nouveau encore, c'est sûrement pour faire descendre le beurre vers le milieu. Le générique d’ouverture commence. Rudolf met sa main sur la cuisse d'Annabelle, elle ne le regarde pas. Il la glisse vers son entrejambe et commence un lent et délicat mouvement de va-et-vient. À l'écran, on voit le visage tacheté de sang d'une femme en gros plan. La caméra recule. Sophia Delwood est dans une Buick 1984, elle roule dans une zone semi-désertique, fenêtres baissées. Ses mains sont aussi maculées de sang. Rudolf passe sa main dans les pantalons d'Annabelle qui bouge son bassin pour l'aider à frayer son passage.

En flashback, on voit la même femme dans le bureau d'un banquier quelques années auparavant. « Malheureusement on ne peut pas vous faire le prêt Madame, vos garanties ne sont pas assez solides. » On la voit quitter le bureau. Gros plan sur la main du banquier qui passe un coup de téléphone : « C'est bon le champ est libre. » On apprendra plus tard que la banque a financé une usine de fabrication d'un prototype de roue métallique, breveté en cachette par l'associé de Sophia Delwood avec laquelle il avait pourtant créé le produit, un dénommé John Wallock.

Annabelle de ses deux mains rassemble ses cheveux, tout en tenant un élastique en tissu entre ses dents. De sa main droite elle agrippe l'élastique pendant que l'autre main tient le chignon et, de nouveau avec ses deux mains, elle ajuste le tout et fixe son chignon. En rabaissant sa main droite, elle la dirige vers le bas ventre de Rudolf et la pose sur son membre déjà gonflé sous son jean. Elle baisse délicatement le zip de Rudolf et laisse le membre se déployer hors de son pantalon. Elle commence alors à donner de petites tapes avec son index et son majeur en alternance avant d'entourer le tout de sa main chaude. Les deux mâchent de la gomme. Ils sont absorbés par le début du film.

Toujours en flashback, on voit John et Sophia plus jeunes, en train de célébrer et sabrer le champagne avec trois autres hommes, on devine qu'ils sont des collaborateurs. Des détails de l'histoire suivent et puis on voit Sophia Delwood sur un podium recevant des honneurs pour sa découverte lors d'une remise de prix. Dans l'assistance, au premier rang, on voit John Wallock avec les trois mêmes hommes qui applaudissent: on comprend que c'est elle le cerveau de la découverte.

Rudolf agrippe le chignon d'Annabelle et fait tourner sa tête pour l'embrasser pendant qu'avec sa main droite il ramène sa cuisse sur la sienne. Il lui lèche le visage. Elle se détourne en plissant les yeux : « T'es dégueulasse. » Lui, il rit.

À l'écran, les quatre hommes, sans Sophia, festoient sur le bord d'une piscine entourée de palmiers. Ils snifent de la cocaïne en compagnie de filles légèrement vêtues. Fontaine de champagne, rosaces de crevettes, caviar et ananas ornent une table de jardin. C'est clair qu'ils nagent dans l'argent. Le banquier que l'on avait vu au début refuser un prêt à Sophia est là avec eux, étendu sur le ventre avec un cigare au bec pendant que deux filles le caressent. Contraste : gros plan à nouveau sur le visage de Sophia dans sa voiture qui continue de rouler, les yeux exorbités avec une expression de rage. Les taches de sang du début ont séché sur ses joues.

Dans la salle, Rudolf, qui s'est mis par terre à genoux, a baissé les culottes d'Annabelle et il lui lèche le haut du clitoris en enserant l'extérieur de ses deux jambes. Elle se demande si c'est sa façon de se faire pardonner pour l'autre jour mais « sûrement pas car il n'en a rien à foutre, qu'importe » pense-t-elle. Elle a les deux mains posées sur la tête de Rudolf, ses doigts massant le crâne entre les courts cheveux blonds en brosse.

Le film en est rendu à sa moitié, on voit maintenant Sophia en sarrau blanc avec d'autres filles, chacune à leur poste de travail, séparées de quelques mètres l'une de l'autre, sous la lumière blafarde d'une usine pharmaceutique, puis on la voit sortir à la fin de son quart de travail. Elle s'allume une cigarette, marche péniblement vers sa voiture et regarde avec découragement le montant du chèque que vient de lui remettre le contremaître avec un sourire niais. On la suit chez elle dans un modeste appartement, elle se chauffe une pizza congelée. La scène suivante montre l'associé Jack Wallock et ses deux collaborateurs sortir d'un petit avion privé, marcher au ralenti, ajustant leurs lunettes fumées, chacun tenant une mallette qui brille sous un soleil de plomb. Puis on revient à Sophia, probablement le lendemain, dans la lumière du soleil matinal, frissonnant dans sa petite Chevrolet jaune et rouillée qu'elle n'arrive pas à faire démarrer.

Rudolf continue de professer, la tête enfouie dans les cuisses d'Annabelle. Il prend son temps, langoureusement. Quand il la sent près du point de non-retour, il ralentit puis reprend doucement.

L'intrigue du film progresse. Dans un hangar désaffecté où il semble faire très chaud, les rayons de soleil passent entre les planches. On y voit Sophia avec une machette à la main. Devant elle, trois de ses ex-collaborateurs sont attachés, chacun à une chaise, poings liés dans le dos. Ils sont sous sédation mais se réveillent lentement. C'est elle qui les a drogués à leur insu lors d'une visite surprise la veille au soir, prétextant une importante promotion. Elle était arrivée avec du Champagne dans lequel elle avait mis un puissant sédatif et une fois endormis, elle les avait traînés du bureau adjacent jusqu'au hangar, la nuit dernière quand tout était désert. Elle s'adresse au premier : « Toi, tu m'as empêché de marcher vers mon destin en falsifiant mes rapports et en prétendant que j'avais permuté des résultats...pour me voler ma part .... alors je vais te... » L'homme devant elle la supplie et lui offre de l'argent. Elle le regarde nonchalamment, se retourne, pose la machette avec laquelle elle a déjà lacéré son visage et agrippe une tronçonneuse. « Je vais te... »

Une fois l'outil électrique en marche, Sophia lui scie les chevilles avec un sourire maléfique. Le sang gicle, il hurle de douleur sous les yeux horrifiés des deux autres collègues. À ce moment, Annabelle écrase encore plus la tête de Rudolf contre son pubis. Elle regarde au plafond les yeux grands ouverts. Elle remarque au centre de la fresque une femme lavant un parquet. Rudolf qui a maintenant les mains sous les fesses d'Annabelle, les serre et enfonce ses doigts. Elle gémit. Le son du film est fort alors ça ne pose pas de problème.

L'homme qui s'est fait trancher les chevilles a perdu beaucoup de sang, il est livide, inconscient. Le rythme persistant de la musique accentue au plus haut point la tension. On entend Sophia dire au deuxième : « Toi tu m'as empêché de connaître le bonheur alors... je vais te... » L'homme crie, supplie, hurle. Elle replace la tronçonneuse sur la table et prend un pic à glace qu'elle va lui enfoncer dans le cœur. On entend les hurlements de l'homme va mourir, lui aussi.

Rudolf remonte son visage tout humecté, il s'essuie au passage sur son gilet et va replonger sa langue dans la bouche d'Annabelle pendant qu'à l'écran Sophia, qui s'approche du troisième homme avec la machette, cette fois elle lui dit : « Toi qui m'as aussi empêché de récolter les fruits de ma découverte, simplement parce que je suis une femme, je vais te... » Rudolf se retourne pour regarder l'écran au même moment où Sophia crie sa rage « RRRRAAAAAHHH » et d'un seul coup de machette tranche la tête de sa victime. Cut.

Toujours Sophia, plus tard, en voiture au loin. L'engin roule en ligne droite vers nous. La caméra est fixée au sol, sur l'asphalte d'une route en plein désert. Ondulations de chaleur qui montent du bitume. La voiture approche à toute allure, on voit le visage de Sophia impassible qui conduit. Le véhicule passe au-dessus de nous. Cut. Gros plan sur le soulier de quelqu'un couché sur le plancher. Travelling au ralenti tout le long la jambe. On entend « Girl So Fine » de Jimi Hendrix. Puis la caméra monte jusqu'au ventilateur du plafond et alors on reconnaît le banquier, mort, étendu de tout son long avec de la mousse blanche au coin des lèvres.

« Viens sur moi » dit Rudolf. Annabelle s'exécute, de dos. Elle n'arrive pas à se placer comme il faut. « Ton cul est trop gros » lui dit-il. Il glisse alors son fessier jusqu'au bout du banc pour qu'elle puisse insérer son membre. Elle se met à bouger pour déplacer la pression selon sa préférence.

À l'écran, la voiture s'arrête au pied d'une colline où domine une immense villa. Plan de côté sur le visage de Sophia, on voit la poussière soulevée par le freinage. Pause. Gros plan sur son visage à nouveau. Elle appuie sur l'accélérateur pour emprunter le chemin sinueux et abrupt bordé de palmiers. Une fois en haut, elle sort de sa voiture avec une masse et un fusil. Elle va sonner à la porte. John Wallock répond. Elle pointe le fusil vers son visage. « Je veux discuter » dit-elle. Il la fait entrer. Elle lui fait avouer une à une les magouilles qu'il a faites pour la tasser et prendre tout le crédit de leur découverte commune et ajoute : « tu as fait ça parce que je suis une femme ».

Il y a alternance avec des séquences en noir et blanc, où l'on les voit jeunes, dans un laboratoire. Elle tient toujours le fusil dans sa direction. Elle a tiré des coups déjà autour de lui. Des vases ont été pulvérisés, la grande vitre du salon a éclaté en mille morceaux, la chaleur du désert a envahi l'espace. Quelques instants passent. Elle le force à boire le contenu d'une petite bouteille. « Si tu n'avales pas, je tire dans tes couilles ». Il pleure et la supplie.

Annabelle assise sur Rudolf bouge de plus en plus vite. Le va-et-vient est constant. Il courbe le haut de son corps pour empoigner les deux seins sous le gilet. Le mouvement s'amplifie. Le siège grince de plus en plus. À l'écran, Sophia crie : « Tu vas payer pour ce que tu m'as fait, espèce d'ordure. » Le poison commence à faire son effet : John se tord de douleur, il va tomber par terre. Sophia lui crache au visage et lui murmure à l'oreille : « Tu croyais que tu t'en sortirais, fumier, tu prends les femmes pour des sottes, hein ? Espèce de traître, espèce de rat, espèce de ... » Elle prend son élan pour lui asséner un coup de masse à la tête de toutes ses forces quand au même moment, dans la salle, un colosse à la voix forte pointe une lampe de poche vers le visage d'Annabelle et dit

« Hé ! Vous deux là, ça suffit, dehors. »

*

Dans la lumière tamisée de la salle à dîner, Irma allume la dernière chandelle du module en forme de bateau posé sur la nappe blanche. Tout est prêt : le bouillon à fondue au-dessus du brûleur, les plats de viandes crues, des légumes coupés et les petits carrés de fromage près des deux napperons fuchsia. Un Bordeaux se réveille en carafe depuis le milieu de l'après-midi à côté de la corbeille à pain. Michèle dans la cuisine termine d'un coup sec son Vermouth blanc sur glace et vient rejoindre son amoureuse. Les deux s'assoient. Le disque « Greatest Hits » de la guitariste classique Liona Boyd joue en sourdine.

Irma ferme les yeux comme si elle allait prier. « Ah...comme j'aime ces moments-là, y'a rien pour nous interrompre. Et j'ai quatre jours complètement off devant moi, sans le téléphone d'urgence... le bonheur ! »

Michèle enchaîne : « Moi, ça me fait tout drôle de passer mon temps à la maison depuis que j'ai fini ma thèse, mais ça se prend très bien. Avec le petit coin bureau aménagé dans la pièce qui ne servait à rien, t'avais raison, ça fait toute la différence. Quand j'entre là je sais que c'est pour le travail et quand j'en sors je passe à autre chose... C'est cent fois mieux que quand je m'installais dans la cuisine, on dirait que je n'arrivais jamais à faire la coupure.

- Mais c'est aussi parce que tu aimes ce que tu fais, c'est une passion. C'est ton travail oui, mais pas au sens étymologique du terme qui veut dire torture.

- T'as pas tort mais je dois m'adapter beaucoup ces jours-ci, avec ce qui se prépare à Prague, ça lâche pas. Je me rends compte qu'ils sont en train de repousser les limites de mon cadre de recherche. Il y a tellement d'intervenants, ça devient étourdissant. Ça n'engage pas uniquement moi avec ma méthode et mon expérience, ça devient complexe à gérer. Je te dirais que ... ça me crée un stress.

- Mais ça n'est pas contraignant comme tel, tu es maîtresse de ton temps.

- Oui, et je suis aussi très emballée par ce qui se trame. Je vois où ça mène, ça n'a pas de fin !

- Ils t'ont dit que tu pourras tout contrôler d'ici ? Une fois que ce sera lancé ?

- Oui, mais je ne veux pas me limiter, tu comprends ? Je vais vouloir orienter les recherches. En gros, je ne souhaite pas « perdre mon bébé » comme on dit, que ce soit d'autres qui ... partent avec ! Comme ils envisagent déjà des associations avec d'autres universités, notamment Stanford, près de San Francisco, je serai sans doute appelée à voyager. »

Avec sa baguette à fondue, Irma enroule un morceau de gouda dans une tranche fine de filet mignon et la dépose dans le bouillon fumant pendant que Michèle y jette quelques morceaux de brocoli.

« En parlant de bébé, tu ne penses pas que tout ça pourrait nuire à notre projet, ma chérie ? » demande Irma avant d'initier un « chin, chin ». Les deux se regardent dans les yeux et boivent une gorgée.

« Non je ne pense pas. Je devrai me déplacer mais de façon épisodique. J'ai hâte d'être maman, ça tu le sais, mais je veux aussi que notre enfant vive dans un monde meilleur.

- Ah que j'aime t'entendre parler comme ça, se réjouit Irma. Mais tu comprends qu'il y aura quand même une période, surtout dans les premiers mois, où on va devoir passer plus de temps ici à la maison...

- Oui, ça je vais vouloir qu'on le vive à deux, et pleinement... »

Irma fait un rictus : « C'est certain, mais ce sera plus difficile pour moi, à cause de ma position à l'hôpital, de prendre des semaines, voire des mois de congé.

- Oui, c'est vrai » dit Michèle avant d'avaler une grosse bouchée de salade. Irma verse du vin et reprend : « On s'était dit qu'on voudrait avoir au moins deux enfants. T'aimerais pas qu'on commence bientôt ? Après le souper, si tu veux, on pourrait regarder le prospectus de Precious Life ? Ça fait longtemps qu'on se dit qu'on va le faire. »

Silence.

Irma continue : « Il y a toutes sortes de combos qui sont le fun. Il y a par exemple le weekend « cigogne » qui est offert dans un de leurs complexes cinq étoiles au Vermont. On aurait notre petit chalet, style cabine avec lit king, foyer et bain tourbillon. Pendant trois jours on se fait dorloter, on nous apporte nos repas, il y a un service de massage, d'enveloppement d'algues, de yoga chaud, et imagine-toi, la cerise sur le sundae, au moment de notre choix, soit le soir de notre arrivée, le samedi ou le dimanche matin, ou même le lundi! car on peut rester trois ou cinq jours, comme on le veut, à une heure d'avis seulement, ils viendront cogner à la porte pour nous apporter, sur un plateau avec dolly, sous une cloche et maintenue au frais, la fiole contenant le sperme qu'on aura choisi avec amour. Il sera déjà inséré dans une seringue dildo, là aussi on choisit la taille et la forme. Il ne nous restera plus qu'à procéder, ma chérie....

Évidemment ce sera à une date qui tombe pendant ton ovulation, pourquoi pas après ton retour de Prague en juin ? »

Michèle répond rapidement, sans trop réfléchir, comme pour ne pas s'y attarder : « Juin ou juillet, on verra parce que je serai à Prague deux ou trois semaines, ma date de retour reste à définir mais je sais que je partirai dans la semaine du 28 mai. »

Irma étire son bras pour attraper un calendrier miniature SPCA triangulaire placé sur le vaisselier. Elle le regarde « ok le 28 c'est un dimanche, donc tu reviendrais, disons au plus tard autour du 10 juin ? » Elle se met à compter avec ses doigts « juillet, août, septembre... Neuf mois, ça donne début mars. Notre petite, son signe astrologique sera poisson ! Comme Sylvia ! »

*

« Alorrrrré comment avancent les travaux préparatoires pour notrrrrre procès » demande Maître Dellini en entrant dans la salle où travaillent Marco et Lucie, assis chacun à l'extrémité de l'épaisse table en acajou jonchée d'une pile de livres juridiques et de feuilles de notes éparses.

« Ça va, ça va » dit Lucie affairée à transcrire une note. « Ça va mais vous êtes certain, Maître Dellini, que vous voulez inclure dans la proposition une pension de cette hauteur pour Madame, alors qu'elle n'en demande pas ? »

Marco lève les yeux, il a l'air amusé par la remarque de Lucie. Il admire cette familiarité entre elle et le patron car il est nettement plus gêné qu'elle devant l'associé de son oncle.

« Ah la bella Lucciiiaaa... Il s'agit d'une diversion... En consentant à donner une pension à Madame et, en vertu de précédents dans ce genre de cas, Madame se contentera. Je n'aime pas ce mot car vous connaissez ma philosophie pour toute cause: il doit y avoirrrrr deux gagnants... pareil pour toute négociation. Hormis cela, ce que Madame ne sait pas, ce à quoi elle n'aura jamais accès, dit Giuseppe

Dellini avec une inflexion dans la voix, ce sont les registres des bénéfices outremer. »

Par son ton, on devine qu'il est épris de justice et qu'il ne joue pas un rôle: il croit vraiment en la cause qu'il défend et se range farouchement du côté de son client.

Il retient la porte pour la fermer délicatement avant de se retourner de façon théâtrale et de poursuivre : « À ce chapitrrre, Monsieur Carsini avait bien manœuvré lors de la rédaction de l'ennntente déé principééé avec ses coactionnaires concernant lé bilan comptable. En tant que propriétaire fondateurrr, il s'est garrrdé un drrroit de rrréserve concernant le partage des bénéfices outremer au-delà d'un certain montant. Il se réserve donc cette marge de profit pour lui et actuellement les succursales de GlobaleTapiz dans le monde fonctionnent très, très benné. Nous offrirons à Madame dééé garder le vingt-cinq pourcent de la part des actions, ce qu'elle a actuellement, ce qui est tout à fait dans les norrrmes dans ce type de situation. Alors nous serons gagnants et Madame s'enn tirrrerrrra sans êtrre houmilée, avec en plousse ounna pennnsionnne qui lui permettra de continuer son train de vie actuel, sans lui permettre d'exagérer. »

« C'est très astucieux » répond Marco à son patron.

« Lucia, avez-vous pu parler à Monsieur Carsini, pour lui demannnder les détails soourrrr ses aventures extra-conjugales ? Noms, dates, lieux ?

- Pas encore, Maître, je vous promets de le faire lundi. Nous préférons d'abord plancher sur tous les autres aspects du dossier.

- N'attendez pas trop Lucia. » En disant ça, il se penche, ajuste ses lunettes sur le bout de son nez et parcourt les notes de Lucie, ensuite celles de Marco... « Trrrrès bien.... trrrrrès bien... Bon allez, les enfants, pourrrr vous la journée est finie, je vous donne congé jusqu'à lundi. » Il regarde sa montre, il est midi : « Vous allez dîner au Roma, tous les deux, je vais aviser que l'on m'ennnvoie la nota. Allez !

Ouste ! Et demandez du bocconccini buffalo à ma santé. Andiamo ! » dit-il en claquant dans ses mains comme on fait s'envoler des faisans au premier jour de la chasse.

« Laissez tout ça comme ça, perrrrsonne n'y touchera, vous reprrrrendrez lundi. »

Chez Roma, un restaurant cinq étoiles, à deux pas de chez Dellini & DaVerdi, les murs sont en pierre et l'ambiance tamisée : même en plein jour on s'y croirait le soir. Le serveur arrive avec la deuxième bouteille de Chianti Reserva 2007. Lucie en est à la moitié de son plat de gnocchis aux champignons portobello et Marco commence à peine son escalope de veau alla parmigiana tellement il a parlé et posé des questions. Là, c'est au tour de Lucie : « Et toi, tu as eu des copines dans ton pays natal ? Comment étaient-elles ? Physiquement je veux dire. »

Les deux rient. Marco répond : « Elles ressemblaient à toi mais en moins parfaites. »

Lucie rougit. « Ah ça c'est facile, tu t'en sors bien... » Avec son pied droit sous la table, Marco caresse le bas de sa jambe. Elle ne dit rien. Elle a chaud. L'alcool lui monte à la tête. Elle le regarde dans les yeux. Ils planent dans une douce ivresse en ce vendredi après-midi béni par leur patron.

Marco se lance dans une tirade : « *Ma Lucia bella comme la luna / J'aimerais t'emmener chez moi après ce repas / Pour enfin laisser ma vie s'exprimer pleinement en toi...* »

Elle déplace sa jambe pour interrompre son mouvement subtilement tout en glissant sa prochaine bouchée le long de l'assiette pour ramasser le plus de sauce possible.

« Arrête, Marco ! » dit-elle, les pommettes rouges, comblée de l'entendre lui faire la cour. Elle soupire et prend une autre gorgée. Il est là, devant elle, fier comme un paon.

Le téléphone de Lucie sonne. « Excuse-moi » dit-elle, en s'essuyant le coin de la bouche. « Allô ? ... Oui, allô chéri... Je suis au resto avec Marco ... Giuseppe a décidé ça. Je suis en congé pour le reste de la journée ... Oui, je vais sûrement arriver avant toi ... Je ferai le souper ... Puis après, quoi ?... Ah, petit coquin ... Pourquoi ça, ce soir ?... Pourquoi tu mérites ça, là ?... Tu vas m'expliquer... ... ok à tout à l'heure... »

Marco dit, tout en épongeant le reste de la sauce avec un bout de pain : « Et tes copines dont tu me parlais, ton club des cinq, elles sont toutes mariées comme toi ?

- Non, je suis la seule qui est mariée avec des enfants. Je suis la seule n-o-r-m-a-l-e.

- Dommage que tu sois n-o-r-m-a-l-e-...

- En fait c'est le contraire, c'est sûrement moi qui n'est pas n-o-r-m-a-l-e- ...

- En disant ça, Marco refait une tentative avec son pied, cette fois vers le haut du tibia gauche de Lucie... Elle sourit en fermant les yeux et basculant sa tête vers l'arrière mais il n'insiste pas plus et redépose son pied au plancher.

Elle reprend : « Eh bien oui, je suis la seule n-o-r-m-a-l-e. »

Marco se met à chanter avec la musique derrière : « Gigggiiiii l'amoroooosooo.... *Croqueur d'amour, œil de velours, comme une caresse...* »

- Gigi... » entonne aussi Lucie mais plus timidement. « Ah....lala... » fait-elle avant de revenir à leur conversation : « D'abord il y a Jeannie qui est en pseudo amour avec un gars de la Côte D'Ivoire, un trader de café, qu'elle a rencontré à Paris dans un voyage d'une semaine avec sa mère l'année passée, en octobre. Ça fait donc six mois » dit-elle, l'air d'interroger sa propre mémoire en regardant le plafond les yeux mi-clos. « Oui, c'est ça, puisqu'on est à la fin avril... Bref, elle a eu un coup de foudre mais ils ont juste *frenché...* »

Marco l'interrompt : « Mais ce n'est pas grave ça. Même s'ils n'ont pas fait l'amour, c'est peut-être le début d'une grande romance... »

- Ah, toi, le grand romantique... » dit Lucie.

- Pourquoi ? Tu trouves que ce n'est pas sérieux s'ils n'ont pas couché ensemble encore ? »

« Bien quand tu couches avec quelqu'un, tu en sais plus, il me semble...

- Ah oui ? Tant que ça ?

- Ai-je besoin de te faire un dessin ?

- Il me semble que si ça colle à tous points de vue, ça devrait aller de ce côté aussi ?

- Pas toujours, justement. L'autre c'est Annabelle qui couche avec un imbécile, obsédé sexuel, qui se fout d'elle, mais elle aime ça comme ça. Elle a eu une grosse peine d'amour il y a deux ans, et dans son livre à elle c'est fini, F-I-N-I. Elle dit qu'elle ne veut plus s'embarrasser avec des histoires compliquées alors elle ne recherche que du sexe.

- OUIIIIiii, répond Marco. Tous les garçons veulent rencontrer cette fille. Mais après quelque temps il lui manquera l'amourrrrr... Dans le cas du garçon, c'est moins sûr, il peut se passer d'amourrrr. Mais tu le sais comme tout le monde, on ne peut pas vivre comme ça éternellement, tu n'as rien à lui envier.

- Je ne l'envie pas non plus. »

La chanson crève-cœur « Solo Noy » de Toto Cutugno joue dans le restaurant. Marco se lève, se met à genoux devant Lucie et lui demande de venir danser. Elle pousse sa chaise. Il lui prend la main et l'amène valser entre les tables. Le serveur, derrière le bar en train d'essuyer des verres, monte le son légèrement et les observe. Marco a de la classe : il n'essaie pas de se frotter. Il fait un signe au serveur qui dépose la serviette sur son épaule pour préparer deux expressos avec deux limoncello alors qu'ils continuent de danser. La chanson se termine, Marco fait une révérence : « Merci Madame. » Les deux retournent à la table. « Ce fut un plaisir » lui dit Lucie en replaçant la serviette sur ses genoux.

« Bon, on en était où ? » demande-t-elle en reprenant ses esprits.

Le serveur arrive.

« Pas de dessert, merci » ... « Moi non plus ».

Ils se font un chin chin avec les limoncello. Lucie reprend :

« Après ça, il y a Michèle et Irma...

- Deux filles ? Je veux dire, Michèle est une fille ?

- Oui, d'ailleurs tu vas rencontrer tout ce beau monde le 20 mai… C'est vrai, je ne t'en avais pas encore parlé, écoute bien ça. » Elle replace ses cheveux et reprend : « Jeannie organise un vernissage pour son exposition *L'Art dans ta ville* qui sera dans différents parcs, partout cet été à Montréal et elle nous a demandé à chacune d'inviter quelques personnes. J'ai tout de suite pensé à toi : tu aimes l'art, tu es sensible aux belles choses, tu vas adorer. Qu'en penses-tu ? »

Marco est ému et déstabilisé par cette invitation, comme s'il s'attendait à rester à jamais incognito dans sa ville d'adoption. « Merci, Lucia, merci... Oui, je vais y aller, avec plaisir.

- C'est noté. Bon je digresse... Qu'est-ce que je disais ? Ah oui, Michèle et Irma...c'est comme un couple d'hétéros. Je parle ici surtout d'Irma qui a tellement hâte d'avoir un enfant qu'elle pousse dans le dos de Michèle pour qu'elle devienne une maman à la maison à cent pour cent, ce qui peut être aliénant parfois, avec les tâches ménagères, l'isolement et tout et tout... Je le sais, je peux en parler, je l'ai fait moi. Heureusement j'avais des conditions idéales avec mon patron, Giuseppe Dellini, qui m'avait gardée à l'emploi trois jours semaines, donc j'étais maman sans devenir une bête de somme. Ce n'est pas toutes les mères qui ont ce privilège, loin de là.

Santé à Monsieur Dellini ! »

Elle lève son verre de limoncello, Marco aussi.

Lucie reprend: « Quand je pense à leur rencontre, Irma a littéralement sauvé Michèle d'une vie cloitrée, maintenant on dirait que c'est Michèle qui est la plus émancipée. Les deux s'aiment beaucoup mais Irma se projette dans une vie de famille utopique qu'elle n'a pas vécue, c'est sans doute normal. »

« Deux autres limoncello, Angelo » demande Marco.

Lucie dit : « Ça n'a pas de bon sens, boire autant que ça l'après- midi.

- Bah, c'est une occasion spéciale, allez, continue. Dis-moi, comment elles se sont rencontrées, celles qui forment un couple n-o-r-m-a-l pour 2025 ? Car toi tu n'es pas n-o-r-m-a-l-e, dit-il sur un ton ironique. Tu es en couple avec un homme, tu as deux enfants, tu n'es pas n-o-r-m-a-l-e... Irma et Michèle, au moins ce sont deux femmes, ça se veut un peu mieux ! »

Lucie met sa tête entre ses deux mains et pouffe de rire avant de continuer son histoire : « C'était il y a deux ans lors d'un congrès de l'ACFAS, l'Association Canadienne Francophone pour l'Avancement des Sciences, Michèle a prononcé une allocution, Irma a été immédiatement séduite. À la pause, elle est allée la voir pour prendre un café avec elle.

- C'est tout ?

Lucie rit en même temps qu'elle parle. Elle commence à être vraiment ivre, elle dit : « Je me demande bien ce que tu veux savoir... »

Elle regarde vers le bar dans un mélange de fatigue digestive et d'une envie que l'après-midi ne se termine jamais. Elle prend une grande respiration avant de continuer : « Ce qui est kioute dans leur histoire, c'est que Michèle est une vraie scientifique, une chercheuse acharnée, une studieuse qui n'avait jamais eu de chum dans sa vie, jamais de garçon je veux dire. Elle nous a raconté qu'elle avait embrassé son petit voisin à l'âge de six ans, c'est banal. Elle s'est consacrée dès son jeune âge à l'étude. C'était toute sa vie, ce l'est encore aujourd'hui. Comme une sœur cloîtrée. Pas de sexualité. Du moins, c'est ce qu'elle nous a raconté et ça, jusqu'à l'arrivée d'Irma il y a deux ans. Irma, qui est mon amie depuis l'adolescence, est très différente. Même si elle excelle en sciences, selon moi, ce n'est pas une « scientifique » comme Michèle. Elle n'aimerait pas ça m'entendre dire ça, mais elle sait ce que je pense de toute façon. C'est l'ambition qui est sa motivation. Être docteur ? C'est respecté, c'est payant alors elle a voulu faire ça et elle y est arrivée. Il n'y a rien à son épreuve. Au secondaire, on se doutait qu'elle aimait plus les filles que les garçons mais avec nous, ses amies proches, elle n'a jamais fait d'avances. Elle vivait ça ailleurs, avec une collégienne de trois ans son aînée. Nous, on ne le savait pas ça, alors on a voulu la déniaiser. On la trouvait distante avec les garçons, elle en avait repoussé quelques-uns déjà. C'était louche et on a voulu s'amuser. On lui avait organisé une blind date avec un des gars vedettes de l'école. On l'avait même payé ! C'est Jeannie, négociatrice hors pair, meilleure que moi qui suis pourtant devenue avocate, qu'on avait mandatée pour le convaincre de faire des avances à Irma pour un « one night ». On avait fait croire à Irma qu'elle avait un admirateur secret parmi l'équipe de soccer. Un soir que les parents d'Annabelle étaient partis en vacances, on avait fait un party dans le sous-sol, il était venu comme prévu. Ça s'est avéré un fiasco: quand elle a dansé avec lui, on aurait dit un bloc de béton ! Elle était raide comme une barre ... Hahahaha, j'en ris encore. Il n'a même pas réussi à l'embrasser.

- Lui avez-vous remis son argent, demande Marco ? »

Lucie rit à gorge déployée. Marco la dévore des yeux. Il l'aime jusqu'au blanc de ses dents.

Elle reprend : « Une semaine plus tard, j'avais vu Irma par hasard dans une voiture avec une fille plus âgée que nous. On a su qu'elle s'appelait Lyne et que c'est elle qui l'avait dépucelée. On a mis Irma au pied du mur et elle nous a fait son coming out, forcé, quand même.

Pour en revenir au congrès de l'ACFAS, Irma a eu un coup de foudre pour Michèle. Elle a tout de suite senti que ça n'allait pas être facile car Michèle était fermée comme une huître. Irma étant Irma et Irma obtenant toujours ce qu'elle veut, elle a réussi à l'attirer dans ses filets en lui faisant un cunnilingus d'enfer dans la chambre d'hôtel où elles étaient montées « prendre un dernier verre ». Dans le cas de Michèle c'était un premier car elle ne consomme pratiquement jamais et n'avait bu que de l'eau ce soir-là. Je crois que ça a été une révélation pour Michèle, une telle décharge de sensualité, quelque chose qu'elle n'avait jamais connu auparavant. Depuis, elles se sont tissé une histoire remarquable bien à elles et planifient avoir un enfant.

- Tisser une histoire, comme c'est beau cette expression ! » dit Marco.

Lucie hausse les épaules.

Le téléphone sonne. C'est Patrice : « J'ai décidé de partir du bureau plus tôt moi aussi. Tu es encore au resto j'imagine ?

- Oui, répond Lucie.

- Oh que tu as l'air pompette. Tu ne pourras pas conduire comme ça. Laisse ta voiture au bureau jusqu'à lundi, je passe te prendre.

- Certainement et...

- On fera un lift à Marco jusqu'à chez lui bien sûr, pas de problème. Je vais être là dans vingt minutes. »

*

Lorsque Mariam tourne le volant pour amorcer son entrée sur le terrain de la maison de Mouloudji elle ne voit personne, ni devant ni derrière, mais la porte du bureau adjacent est ouverte. La route vers Azdopé a été beaucoup plus longue car ils ont croisé des troupeaux d'antilopes. En sortant de la voiture, ils sont dans un nuage de poussière rouge soulevée par le freinage.

À une cinquantaine de mètres, trois employés rigolent et s'affairent dans le bâtiment de tri et d'empaquetage. Isidore devance Mariam et s'approche de la porte entrouverte du bureau. Une chèvre qui est là part à la hâte en bêlant. Il aperçoit à travers la fenêtre collée de poussière que Mouloudji dort sur son fauteuil, penché à la renverse, avec la jambe gauche étendue sur le bureau. Il émet un léger ronflement. Pour un instant, Isidore hésite à cogner pour réveiller son client qui a l'air si bien... Soudain, Mouloudji ouvre les yeux. Il ne sursaute pas et reste dans la même position avec sa jambe sur le bureau. « Bonjour... ah... » dit-il en baillant et se grattant le derrière de la tête.

« J'ai de bonnes nouvelles, dit Isidore.

- Ah bon ? Asseyez-vous. Bonjour Mademoiselle » dit-il en émergeant de son sommeil et souriant à Mariam qui trouve qu'Isidore va vite, qu'il pourrait d'abord demander s'ils ne le dérangent pas, mais Mouloudji n'a pas l'air d'être bousculé du tout. Pour dissiper sa gêne, Mariam se rappelle qu'ils avaient annoncé leur visite.

Isidore commence : « Dans les locaux municipaux où mes machines sont installées, on ne boit que du café provenant de votre production, de vos arbres, de votre terre. Et les gens qui en boivent ne touche plus la terre ! »

- La formule boiteuse fait à peine sourire Mouloudji. L'expression de son regard paternel sur Isidore est exactement la même que l'autre fois, Isidore se sent comme lorsqu'il était enfant et qu'il rentrait en courant de l'école pour annoncer le résultat positif d'une récente évaluation.

« Même le maire dit qu'il n'a jamais bu un café aussi excellent. Je lui ai même demandé de signer ceci… » Il sort de sa mallette en cuir la copie d'un certificat encadré qu'il a lui-même concocté puis fait signer par le maire : « La Ville d'Abidjan est fière d'offrir exclusivement à ses employés ainsi qu'aux visiteurs des bureaux et locaux municipaux le meilleur café de la Côte d'Ivoire, le Café Premium. » Il le tend à Mouloudji qui le prend et le tient à bout de bras pour arriver à lire. « Eh bien... Merci.

- C'est moi qui vous remercie, Monsieur Mouloudji. »

En fait, pour Mouloudji, rien n'est une surprise. Quelques instants passent. Il baille. « C'est bien » répond-il. Il soulève avec lenteur sa jambe, la pose par terre en tournant sa chaise face au bureau. De sa main droite il dépose le cadre sur le sol de terre battue et l'appuie conrte le mur.

Isidore reprend : « Vous savez, dans trois semaines je pars au Canada et je compte apporter des échantillons pour le faire goûter à des spécialistes d'une chaîne de café de Montréal.

- Ah, c'est bien, c'est bien... » dit-il d'un ton toujours aussi indifférent.

Pour changer de sujet, Isidore sort trois chèques de sa mallette en cuir : « Voici pour le chargement de l'autre jour. Je vous fais aussi un chèque en avance pour la livraison du 15 mai à partir de laquelle je préparerai des échantillons pour le Canada.

- Ok » répond Mouloudji qui prend les chèques et les place sous une tasse contenant un reste de café sur le bureau. Il baille encore.

Mariam demande « Votre épouse va bien ?

- Ah... mon épouse ? » Il refait basculer sa chaise vers l'arrière, pose à nouveau son pied sur le coin du bureau et les mains derrière sa tête.

« Non, elle ne va pas très bien. Elle pleure tout le temps, même la nuit. Je n'arrive pas à dormir, c'est pour ça que je me reprends durant la journée. Depuis que notre petit dernier est mort je n'arrive pas à la consoler. Moi j'ai eu de la peine aussi mais ça va... Pour elle, il n'y a rien à faire, mais bon, ça va finir par passer. »

Mariam se tourne vers la fenêtre, elle verse une larme.

« Je vous offre toute ma compassion et ma sympathie » lui dit-elle, la voix nouée en retournant son visage. Elle reprend: « Vous savez, je suis mère aussi... Est-ce que je peux aller la voir ?

- Oui, oui, passez par l'arrière, elle est dans la cuisine. »

Mariam sort.

Isidore est mal à l'aise, il avale sa salive. Mouloudji le perçoit et dit : « Ça va, ça va » en regardant Isidore comme on regarde son fils : « Tu sais, les femmes, ce n'est pas comme nous : l'enfant, il grandit dans leur ventre, il est vraiment fait de leur chair. Alors quand quelque chose arrive c'est pire pour elles que pour nous. Notre petit dernier, il est mort à l'âge de cinq mois, alors tu t'imagines...

- Je suis désolé.

- Toi, t'as des enfants ?

- Non. »

Mouloudji attend et dit : « Alors quand tu en auras, tu verras. Compte toi chanceux de ne pas être une femme. »

*

Debout dans la cuisine, Irma exprime sa déception : « J'aurais aimé ça être là pour voir comment Roxanne et Aubé vont s'y prendre pour fixer les assises du bar, mais je dois y aller » puis, elle cale son verre d'eau dans la lumière du jour qui se lève. « Je devrais rentrer autour de vingt heures trente ce soir. Même si je suis de garde à l'interne, je vais laisser passer la circulation avant de revenir et en j'en profiterai pour mettre des dossiers à jour. J'ai demandé aussi à Liza, la secrétaire de mon binôme, de rester pour m'aider. Je n'arrêterai pas chez Sylvia, comme à l'habitude, puisqu'on ira la voir cette fin de semaine.

- Ok, parfait, à ce soir. »

Les deux s'enlacent dans le vestibule. Irma sort. Michèle retourne vers la cuisine. Juste après avoir fermé la porte, Irma l'ouvre à nouveau et pointe sa tête : « N'oublie pas de lui demander d'aller vérifier l'angle de l'entre-toit, ma chérie.

- Non, je n'oublierai pas. »

Une demi-heure plus tard, ça sonne à la porte, c'est Christian Aubé. Cette fois Michèle s'est habillée plus tôt pour ne pas être en pyjama à son arrivée.

« Bonjour ! »

Il a un coffre à outils dans chaque main. Il entre. Michèle et lui descendent au sous-sol. « Roxanne n'est pas avec vous ?

- Sa mère est malade, elle devait passer à la pharmacie. Elle arrivera tout à l'heure. »

Il cherche quelque chose dans ses poches. « Ah zut, j'ai oublié mon carnet de mesures sur le banc dans mon camion.

- Je peux aller le chercher si vous voulez, je vais au chemin pour le courrier.

- Ah ok. »

Michèle remonte et sort. Elle passe par la boîte aux lettres, ramasse le courrier et en revenant, s'arrête au camion. Elle ouvre la portière, l'odeur du parfum de Christian est forte, ça lui rappelle quelque chose de vague, comme une porte sur l'inconnu. Elle voit tout de suite le carnet. Elle se penche pour le ramasser et remarque une photo qui traîne sur le banc, on y voit trois filles : deux ados et l'autre probablement âgée de huit ou dix ans, « ses filles » pense-t-elle. Elle attend un instant avant de refermer la portière pour bien humer le parfum, question de se rappeler à quel souvenir il est rattaché.

En entrant dans la maison elle entend des petits coups de marteau. Elle descend, lui tend le carnet puis remonte s'assoir dans les marches. Ils commencent à parler de tout et de rien. Elle lui demande pour la photo, il lui explique que ce sont ses trésors, ses trois filles qu'il élève seul depuis la mort subite de son épouse il y a deux ans dans un accident de la route.

« Heureusement, la plus grande m'aide beaucoup. »

« Est-ce qu'elle va suivre vos traces et apprendre le métier comme vous ?

- Non. Elle s'intéresse à la politique, elle fera une Pauline Marois, je crois. Elle est dans une association à l'école, elle a des convictions et de grandes ambitions. »

Michèle le regarde travailler, le menton appuyé dans sa paume, le coude sur son genou. Le téléphone de Christian sonne.

« Allô ? Oui allô, Roxanne ? .... Non je n'avais pas vu ton nom sur l'afficheur.... moi quand ça sonne je réponds c'est tout... oui c'est ça, je suis un vieux.... alors tu m'appelles pour me dire quoi ? … y'a pas de problème... reste avec ta mère... je comprends... »

Quand Michèle entend ça, elle est soudainement soulagée car au fond elle préfère ne pas voir Roxanne pour l'instant, surtout suite à l'affaire de la bibliothèque qui l'a mise dans une drôle de position. Elle trouve Christian Aubé tellement paisible, pas compliqué, que sa présence quand il est seul avec elle lui fait du bien.

Il poursuit sa conversation au téléphone : « Non, non, pas de problème... ça va me prendre plus de temps c'est tout... Madame Michèle est ici, quand j'aurai besoin d'elle pendant deux minutes pour tenir l'autre poutre je vais lui demander. » En disant ça, il éloigne le téléphone et fait un clin d'œil à Michèle qui, gênée, fait signe que oui.

« Ok. Bye, Roxanne, on se parle demain. » Il raccroche et replace le téléphone dans sa poche arrière.

Il demande à Michèle : « Excuse-moi, je peux te dire « tu » ?

- Oui » dit Michèle un peu mal à l'aise.

Il reprend: « J'avais pas pensé à te le demander avant mais c'est vrai qu'à moment donné, il va falloir être deux, juste pour quelques minutes, c'est quand je vais replacer la poutre en dessous. Toi, il va falloir que tu tiennes l'autre, c'est tout.

- Ah bien, si ce n'est que ça, ça va me faire plaisir. »

Les deux rient un instant.

« Bon, bien moi je dois monter, j'ai des communications à faire, vers quelle heure vous, excuse-moi, « tu », vas avoir besoin de moi ?

- Je dirais dans une heure environ. Je t'appellerai du haut de l'escalier.

- Ok, à plus. »

Michèle a connu très peu de personnes de sexe masculin dans son entourage. Au travail, il y en a eu quelques-uns avec lesquels elle a eu des relations cordiales. Elle n'a jamais considéré les hommes ou les garçons comme des êtres possédant un versant affectif. Recluse dans ses curiosités scientifiques depuis son adolescence, refermée sur elle-même disaient certains, elle ne s'est jamais attardée à ces êtres du sexe opposé, ni même posé de questions à leur sujet. Quant à son père, il était pour elle comme une machine. Il ne correspondait qu'à une description fonctionnelle. Il était présent ? Oui. Il s'occupait d'elle, oui. Il lui donnait des câlins parfois et des cadeaux à son anniversaire ainsi qu'à la fête de Noël. Il était son père certes, mais cette définition pour elle n'était pas rattachée à celle de la masculinité. Pour les garçons à l'école, c'était pareil : il s'agissait d'êtres qui avaient une fonction et faisant partie intégrante du monde autour, mais jamais en rapport direct avec elle, jamais sous l'angle de l'affectivité.

Depuis l'incident de l'autre jour, concernant la bibliothèque qu'Irma avait achetée sans tenir compte du fait que Christian Aubé avait déjà avancé l'argent pour un autre choix, Michèle a expérimenté pour la première fois de sa vie le sentiment de honte face à un être du sexe opposé. À ce moment-là, elle a senti qu'un homme pouvait également se retrouver dans une situation d'abus, dans une situation où il y a manque de respect à son égard, pour ne pas dire du mépris et, de surcroît, affirmé par une femme. Partant de là, ce qui l'a encore plus surprise c'est la réaction d'Aubé : il est resté zen, presque indifférent. Cette posture a eu l'effet d'une révélation pour Michèle qui, bien malgré elle, a joué un rôle dans le malentendu en question. Du même coup elle a pu percevoir l'ampleur affective qu'un être du sexe opposé est, lui aussi, en mesure de ressentir.

En arrivant à son ordinateur, trois messages du directeur du centre de recherche l'attendent. Dans le premier, il lui transmet la confirmation, pour le 28 mai, du billet Montréal-Munich-Prague. Le départ est à 20h33, l'arrivée à Prague est prévue à 15h19 après sa correspondance à Munich. Dans le deuxième, il y a la dernière mouture du plan de construction du vivarium, « comme ça tu pourras déjà réfléchir à des suggestions de modifications à apporter s'il y a lieu ». Dans le dernier message, il y a une copie d'une correspondance avec un professeur émérite de l'université de Singapour qui fustige le projet de création du centre à Prague. Il précise : « Je vous l'envoie pour ne pas que vous l'appreniez par un tiers, mais surtout ne laissez pas les propos de cet être abject vous atteindre. »

Michèle en lit quelques extraits : « Comment peut-on en 2025, investir autant d'argent pour des recherches sur l'anatomie et le comportement des escargots ? Cette affaire est scandaleuse. Quand on pense à tous les besoins criants de financement dans le domaine de la recherche médicale ? Comment, au nom d'une soi-disant recherche fondamentale (encore là il y a fraude intellectuelle), prétendre au relativisme inhérent du déterminisme des sexes duquel découleraient éventuellement des applications concrètes, tant médicales que politico-sociales. C'est du délire. J'en appelle au Conseil international des sciences afin de court-circuiter ce projet avant que des sommes colossales y soient englouties. Je suggère d'ailleurs aux instigateurs du projet de Prague et à la chercheuse à l'origine de cet écran de fumée, Michèle Laverdière, de considérer les travaux que Karim Delsinki a effectué dans les années quatre-vingts, nous rappelant que l'être humain n'est ni un rat, ni un porc et encore moins un escargot. Dans ses conclusions, Delsinki a mis en garde la communauté scientifique internationale contre tous les raccourcis que malheureusement trop d'entre nous sont tentés de faire en professant des analogies et des rapprochements hasardeux, notamment dans le domaine du comportement social, comme chez Henri Laborit par exemple. Tout doit être interprété avec une extrême prudence. De graves erreurs cliniques en ont découlé et malheureusement il s'en produit encore tous les jours. Nous sommes ici devant un exemple où la cupidité des plasticiens et une kyrielle d'avocats véreux nous infligent une torsion éthique en cherchant à exercer leur influence sur les recherches scientifiques sans aucune considération déontologique. »

Michèle est concentrée sur sa lecture lorsqu'elle entend :

« Michèle ?

- Oui, j'arrive. »

Elle descend au sous-sol, Aubé lui explique ce qu'il faut faire. Quelques instants plus tard, elle tient en angle une poutre pendant qu'il est couché en-dessous de la structure du bar. Il l'ajuste avant de visser pour de bon. Tout le haut de son corps est sous la structure, son bassin et ses jambes dépassent. « Ah... » dit-il en forçant et rajoute : « Je l'ai presque. »

Bien sûr il ne voit pas que Michèle fixe son bassin et son pubis dévoilé au bas de la chemise remontée à cause du tortillement qu'il a dû exécuter, couché sur le dos, pour atteindre la pièce de bois en question. Elle remarque la bosse dans le blue-jean et devine la forme de son organe reproducteur situé plus bas. Elle songe au fait que les designers de ce type de pantalon y ont pensé, que c'est voulu, ça a été réfléchi : coudre le tissu de façon à créer une forme de renflement, une bosse ni plus ni moins, mais que cette même forme dans le jean ne correspond pas nécessairement à l'endroit précis où se situe le sexe du garçon. Elle n'avait jamais pensé à ce détail avant.

Christian dit : « Pourrais-tu pousser la poutre juste un peu plus vers la gauche ? »

- Oui, certainement ». Ce faisant, elle regarde en même temps le bassin de Christian se tortiller car il doit s'étirer encore plus loin sous le bar. Elle est soudainement troublée à la pensée de la vulnérabilité de son organe à ce moment précis. Elle pourrait, si elle le voulait, prendre la brique posée à un mètre d'elle et la projeter violemment dessus. Il se tordrait de douleur tout en restant coincé en dessous du bar. Cette pensée, paradoxalement, l'attendrit face cet homme qu'elle trouve gentil. Elle a soudainement envie de le voir nu.

Il s'apprête à sortir de l'endroit exigu. « Paarrrrrfait, dit-il en se tortillant.

- Je pensais que ça prendrait plus de temps que ça... » répond Michèle. En se relevant, il dit : « Bon, bien c'est fini pour moi aujourd'hui.

- Avant de partir ce matin, Irma m'a rappelé de vous demander de venir jeter un coup d'œil dans l'entretoit, par la trappe du deuxième, pour savoir si vous pensez que l'on doit renforcer la charpente. »

Elle n'arrive pas à la tutoyer.

- Pas de problème, je vais aller voir ça. Laisse-moi juste déplacer ça ici. »

Il se penche en fléchissant les genoux tout en gardant le dos droit et soulève une grosse pile de planches. Michèle voit les muscles de son dos et elle repense aux dauphins de l'autre fois. Il fait quelques pas pour déposer les planches plus loin et se dirige ensuite vers l'ancienne structure de briques qui était à la place du bar avant. Elle remarque ses biceps complètement déployés qui s'activent dans l'effort, il se retourne et déplace la structure en question. Elle examine attentivement cet homme - un homme - s'affairant à déplacer des choses dans le sous-sol de sa maison.

Il souffle un bon coup, replace ça casquette et dit : « Bon, ça, c'est fait.

Michèle hésite et demande :

- Je vous offre quelque chose à boire ?

- Ça va aller pour l'instant, j'ai du Gatorade dans le camion. Merci quand même...

- D'accord. Suivez-moi je vais vous montrer. »

Après avoir traversé la cuisine, Christian dit « Le salon est vraiment beau et quelle vue sur le lac ! » Elle le devance dans l'escalier ouvert. Les marches craquent. Il la suit. Les marches craquent encore plus. Ils se dirigent dans le bureau d'Irma, où elle ne passe que très peu de temps et qui fait également office de salle de rangement. Il y a une grande table centrale. Par terre plusieurs boîtes de documents sont empilées les unes sur les autres. « C'est là, dit-elle en pointant la trappe au plafond.

- Dac. »

« Je crois que si vous montez sur cette chaise vous allez pouvoir ouvrir la trappe pour regarder, je ne pense pas que vous aurez à vous hisser complètement.

- Ok. »

Michèle glisse la chaise en bois massif de style ancienne école, solide et indestructible. Christian monte dessus. Michèle regarde par la fenêtre qui donne sur le lac. Il pousse la trappe et éternue quand un nuage de poussière envahit son visage. « Oh excusez-nous » dit Michèle.

- Ben voyons donc, y'a rien là .... Ah.... je vois....oui.... ok... »

Il a maintenant le haut du corps, jusqu'au torse, dans la pièce du haut, ses deux bras appuyés sur le plancher du grenier.

« Vous pourriez faire quelque chose de beau ici... Une chambre de lecture par exemple... Je dis ça comme ça... »

Le visage de Michèle est vis-à-vis le bassin de Christian, environ à trente centimètres. Elle a envie de faire quelque chose. Son cœur commence à battre de plus en plus vite. Elle hésite. Elle a un flash, une réminiscence : elle revoit Irma, pompette dans sa chambre d'hôtel, en pleine discussion, elles venaient à peine de se connaître, c'était lors du fameux congrès, quand tout à coup elle s'était laissée tomber sur les genoux devant elle pour lui baisser autoritairement le pantalon et plonger dans son entrejambe. Michèle revit cet instant, c'était merveilleux. Elle se dit que cette sensation relève de la même famille que celle d'une agression, mais dans le sens inverse ; une prise de possession sous forme de tornade d'affection désintéressée, un des plus beaux moments de sa vie.

Elle entend Christian qui parle au loin. En fait, elle ne l'écoute plus. Il explique : « Oh je confirme que les poutres de soutien ici sont en chêne ... C'est du solide... Non je ne crois pas que vous devriez toucher à ça. »

Le cœur de Michèle semble vouloir éclater. Christian dit « c'est ben, ben, beau ça. » Elle devine qu'il va redescendre, elle ne se tient plus : elle agrippe rapidement le haut du pantalon de Christian de ses deux mains et le baisse d'un coup sec pour prendre son pénis dans sa bouche en agitant sa langue maladroitement. « Aïeeeee....AH....... » fait l'homme. Il se recule pour regarder vers le bas, il est piégé. « AAïiiiEEEE ». Michèle, de ses deux mains, enserre les fesses de Christian. Il ne peut rien faire, elle a complètement le contrôle. Son sexe gonfle rapidement pendant que Michèle le caresse de toute sa bouche dan une décharge une sensualité débridée. Christian gémit. Il a toujours le haut du corps avec ses avant-bras et ses paumes appuyées sur le plancher du grenier, les doigts écartés. Il fixe les poutres de chêne avec les yeux écarquillés, ensuite fermés, en alternance, puis son regard se porte sur Michèle en-dessous de lui qui est en transe et se déchaîne.

Après une quinzaine de minutes, l'engouement de Michèle sur l'ensemble de la région pelvienne de Christian pointe vers le désir ultime. Avant qu'il ne s'approche du point de non-retour, Christian descend ses mains, les pose de chaque côté de la tête de Michèle tandis qu'il s'apprête à quitter cette position. Elle baisse la tête au fur et à mesure qu'il descend pour le garder dans sa bouche pendant que lui sort de la trappe. Une fois descendu, il ramène le visage de Michèle vers le sien pour l'embrasser goulument. Il descend de la chaise puis la soulève avec ses larges mains sous ses fesses, comme un enfant ramasse un ballon de plage. Michèle est appuyée sur le bassin de l'homme alors qu'il avance à petits pas, ses pantalons baissés aux chevilles. Il la dépose sur la grande table, il l'aide à enlever sa chemise, il lui embrasse les seins, passant d'un à l'autre en serrant sa taille de guêpe. Elle soupire fortement puis elle dépose son dos sur la table. Il lui retire délicatement ses petites culottes et en arrivant pour les passer par-delà la pointe de ses pieds délicats, il sent ses longues jambes fines tout le long de son torse. Les deux se regardent dans les yeux avec fébrilité. Alors il la pénètre lentement. Elle est très excitée. Il reste dans l'entrée de son vagin quelques minutes, dans un va-et-vient lent. Elle a les yeux fermés et savoure le membre de Christian en elle. Au moment où elle ouvre les yeux pour plonger son regard dans le sien, il s'enfonce pleinement en elle, le plus loin possible en se mordant la lèvre inférieure. Michèle gémit de plaisir. Elle continue de le fixer dans les yeux. Il se met à donner des coups de bassin puis il module ses poussées. Il place la paume de sa main sur le pubis de Michèle et avec son pouce lui caresse le haut du clitoris. Michèle gémit de plus belle, elle verse des larmes. Elle a les pommettes rouges. Il continue avec des pénétrations profondes puis tout à coup soulève les deux jambes de Michèle pour en appuyer les chevilles sur ses épaules. Tout le bas du dos de Michèle est soulevé, il n'y a plus maintenant que ses épaules et sa tête qui touchent la table. Elle est rouge écarlate, quelques minutes passent. Christian donne des poussées de plus en plus saccadées et ralentit parfois. Elle s'accroche à ses avant-bras et crie de jouissance. Il change la cadence pour atteindre finalement sa plénitude alors que celle de Michèle se poursuit. C'est alors qu'il gicle en elle, enfoui tout au fond de ses entrailles. Elle hurle de plaisir. Ils se détendent. Christian la redépose de tout son long sur la table puis colle le haut de son corps contre le sien. Il l'embrasse dans le cou. Elle pleure.

« Ça va, dit-il... c'est la vie... ça s'est passé... ce n'est pas grave... on gardera ce secret pour nous. » Elle gît ébahie. Lui, son visage est détrempé. Elle lui demande en sanglotant : « Mais qu'est-ce qui m'a pris ? »

*

C'est presque la brunante à Abidjan quand Mariam dépose Isidore devant chez lui. « On se voit après demain au bureau ? » demande-t-elle. Il ferme la portière, se penche et s'appuie dans l'embrasure de la vitre baissée. « Ok, bonne soirée et tente de ne pas trop penser au bébé de Mouloudji, ciao. »

Isidore franchit le seuil de sa porte, quelque chose n'est pas pareil, il a un pressentiment. Il dépose ses clés, fait quelques pas. « Nelson ? » Au fond de l'appartement, par la porte patio, le soleil est bas ; sa lumière rouge orange envahit la grande pièce qui sert de salon cuisine. Un rayon aveuglant réfléchit sur la table laquée blanche, il s'approche. Il y a une feuille pliée en deux, à l'endos de laquelle est écrit « Izi ». Il la saisit...

Izi,

Je pars. C'est trop dur. Dans moins de trois semaines tu vas au Canada pour voir cette fille et c'est trop pour moi... Ça fait plus de six mois que durent vos échanges, je n'en peux plus. Tu as beau me dire que tu y vas pour promouvoir ton café, moi je sais que cette fille a autre chose en tête... Toutes les fois que je suis dans l'appartement et que tu me demandes de rester silencieux dans l'autre pièce, que je vous entends vous dire des mots doux, ça me fend le cœur car je vois que tu lui mens et que tu me mens. Je ne veux plus vivre ça. Le pire c'est que tu t'imagines que quand viendra le temps de coucher avec elle tu le feras. Je te connais, je sais que tu n'es absolument pas aux femmes. Tu seras capable d'être affectueux avec elle mais tu ne voudras pas aller plus loin car tu ne peux pas aller plus loin : tu es fait comme ça et tu le sais. Pourquoi le nies-tu encore à trente-deux ans ? Pourquoi essaies-tu encore de te prouver le contraire. Tu n'as pas à avoir honte de qui tu es. Ça fait plus d'un an que l'on demeure ensemble, que l'on partage tout. L'autre soir, Chez Ernest, devant Aminata tu es devenu très mal à l'aise quand elle nous a demandé depuis quand on était en couple. Imagine-toi le mal que ça me fait à moi, ça ? C'est un coup de poignard. Non seulement tu renies qui tu es, tu reniais aussi notre histoire. La même soirée, on se fait agresser par deux homophobes et dans les jours qui suivent, ça prend tout pour te convaincre d'aller le déclarer à la police, finalement on est allé et tu t'es défilé juste au moment où on allait confirmer au détective que « OUI NOUS SOMMES DEUX HOMOS ». Qu'est-ce que ça peut bien faire ??? Je ne veux plus vivre cette situation Izi. N'essaie pas de me contacter avant ton retour de là-bas à la mi-juin. J'espère que tu me reviendras, à moi, à toi, à nous. La décision t'appartient. Je souhaite sincèrement que tu cesses de te renier. Si ce n'est pas avec moi, eh bien que ce le soit avec un autre, mais que tu t'acceptes tel que tu es. J'ai tellement de peine en pensant à tout ce qu'on a vécu ensemble, à nos dimanches que l'on passait ici sans sortir, à faire l'amour, à juste être là, l'un pour l'autre. Je pense à tes petits textos que tu m'envoyais à tous moments pour me faire rire, je pense à nos balades au marché et tout et tout ... Je pleure en écrivant ceci car tu es celui que j'aime et je voudrais t'aimer encore longtemps mais pas dans de telles conditions. Je souhaite que ton séjour là-bas t'ouvre des portes professionnellement mais j'espère surtout qu'il ferme la porte sur ce que tu n'es pas.

Nel

*

Jeannie entre pour la première fois dans la grande salle qui a été louée pour l'exposition. C'est au quatrième étage du building au coin des rues Ste-Catherine et De Bleury. Planchers de bois franc et grandes fenêtres à carreaux, anciennement c'était une fabrique de textiles. La lumière d'après-midi inonde l'espace vide. Dans un élan de bonheur, elle s'élance pour tournoyer sur elle-même, telle une ballerine, le temps d'une rêverie. Elle prend une grande respiration: c'est ici que se réalisera le projet qu'elle prépare depuis si longtemps. Ça commencera dans une semaine, elle se sent fière.

La porte ouvre, c'est madame Guillemette, sa collègue de trente ans son aînée. Elle apporte quelques exemplaires du cahier de présentation des artistes dont les œuvres seront exposées. « Y'a même pas de table pour les mettre.

- Bah... c'est pas grave, déposez-les par terre, de toute façon c'est pas aujourd'hui qu'on en aura besoin. »

Madame Guillemette fait une moue et dépose les cahiers par terre.

« Regardez le bel espace qu'on a, dit Jeannie en ouvrant les bras.

- Ça sent le renfermé. Et où est-ce que les gens vont mettre leurs manteaux ?

- On est rendu au 28 mai, les gens n'auront plus de manteau, répond Jeannie avec un sourire.

- C'est pas encore chaud au mois de mai » rétorque-t-elle.

Jeannie marche vers une des grandes fenêtres à carreaux et regarde la rue achalandée en bas. Elle pense à voix haute: « C'est tellement génial qu'on ait pu avoir ce local si bien placé, au cœur de l'action. » « Oui.... Oui... » grommelle Mme Guillemette avant d'ajouter: « Mais ça fait un trou dans notre budget.

- Arrêtez donc. Avec tous les efforts qu'on a déployés pour faire connaître notre exposition, ça va nous aider. »

Madame Guillemette est maintenant près de la fenêtre, elle passe son doigt le long du cadre en observant la poussière qui s'y colle. « À Rimouski en tous cas, quand j'étais là, on avait fait ça dans les locaux de la ville, on avait eu bien du monde...

- Rimouski, c'est pas Montréal... Montréal c'est une métropole, les gens sont hyper sollicités, il faut redoubler d'ardeur pour arriver à les intéresser. Ici, on est dans le quartier des spectacles, ça ne peut pas être mieux. »

- Sa collègue l'interrompt : « C'est pas si différent, Rimouski est un centre régional, ne minimise pas son importance.

- Bon ben tant mieux ! » répond Jeannie, excédée.

« En tous cas, je me demande bien ce que t'as pu faire pour convaincre Monsieur Brassard de louer ce local ici ? » demande sarcastiquement madame Guillemette.

Voyant que Jeannie ne répond pas et qu'elle commence vraiment à l'énerver, elle trouve rapidement quelque chose de positif à dire, mais qui sonne faux : « J'ai vu que les toilettes de l'étage sont à côté, c'est bien ça. »

Jeannie prend un des exemplaires par terre et commence à le feuilleter. Madame Guillemette la voit faire et dit : « J'ai travaillé fort sur ça, dit-elle en pointant du doigt le cahier, je suis contente que ce soit fini. » Jeannie tourne les pages de plus en plus rapidement, elle semble paniquée : « Vous n'avez pas mis les photos des installations ? » Madame Guillemette répond en regardant ailleurs :

« Eh bien non, c'est juste sur les photos de l'expo.

Jeannie se fâche : « Ben là !!!! On en avait parlé de ça !!! Comment ça, vous n'avez pas mis les photos des installations aussi ???

- Je trouvais que ça faisait trop différent dans le cahier, ça ne marchait pas.

- Voyons donc, on avait tranché là-dessus !!!

- De toute façon, rendus ici, les gens vont les voir, ces bancs décorés, je veux dire les installations...

- Ce sont des œuvres d'art au même titre que les photos. Vous êtes de mauvaise foi là, c'est pas correct. » Jeannie est furieuse. Madame Guillemette reprend : « On avait... mais... » Jeannie ne lui laisse pas le temps de parler, elle regarde sa montre, prend sa sacoche accrochée à la poignée et sort en claquant la porte. Elle descend les marches avec aplomb, outrée par l'attitude de sa collègue.

Heureusement sa semaine est finie. Elle décide de marcher un peu sur Sainte-Catherine avant d'aller au Chat Perdu, question de ventiler avant de rejoindre les autres mais en même temps elle a hâte de les voir pour se défouler. Quand elle arrive, Michèle, Annabelle et Lucie sont déjà là. « Irma ne vient pas ? demande Jeannie.

- Non, elle est sur un trois jours. »

« T'as pas l'air dans ton assiette, toi ? demande Annabelle.

- Ah, je suis en tabarnak...

- Allez, vide ton sac !

- Je me commande un cosmo d'abord.

- Ok » dit Michèle qui fait tout de suite un signe au serveur.

« Pense à ton bel Isidore qui arrive vendredi prochain » intervient Lucie en lui donnant une petite tape d'encouragement sur la cuisse droite.

« Oui je sais mais, ça aussi ça m'inquiète : j'aurais mieux aimé qu'il arrive le samedi. Pas le jour même du vernissage, je ne saurai plus où donner de la tête.

- Ben voyons donc » lance Annabelle d'un ton réconfortant.

*

À l'hôpital de Sainte-Iphigénie, dans la cafétéria de la périnatalité, Irma surgit. « D'habitude vous ne travaillez pas de nuit, Jocelyne ?

- Non mais l'autre infirmière est malade. J'ai dit que je pouvais la remplacer. De toute façon y'a personne qui m'attend à la maison.

- Vos enfants sont grands je crois ? »

- Mon gars, vingt-sept; ma fille vingt-neuf; pis le bonhomme je l'ai mis à la porte quand ils avaient quatre et deux ans, dit-elle en ouvrant la porte du réfrigérateur.

- Les voyez-vous souvent ?

- À Noël, à Pâques, et en juillet. Les deux sont à Toronto. Mais on se parle au téléphone chaque mois. Comme je te dis, ça me dérange pas de faire du surtemps, chez nous y'a personne qui m'attend.

- Vous n'avez jamais refait votre vie, comme on dit ?

- Ah, j'haïs cette expression-là.... Oh, que non. Pantoute, ma fille. Jamais dans mille ans ça m'intéresserait. Dans le rayon des pogos, j'ai déjà donné. J'ai vécu avec le père de mes enfants pendant dix ans, c'est ben assez. Un vrai un bon à rien comme les autres. Y'en a chez qui ça paraît pas vraiment, mais dès qu'on gratte un peu, on se rend compte qu'ils sont tous pareils, des traîne-savates. Regarde à l'hôpital, qui travaille plus fort ? Les femmes. Pis c'est partout pareil.

- Vous trouvez pas que vous exagérez un peu ?

- Ah, je te le dis ma fille, avec le temps on comprend bien des choses...

- Est-ce que vos enfants voient encore leur père ?

- Non, il est mort d'une crise de cœur à cinquante ans. Bon débarras. Ça a été difficile pour eux, je comprends, mais il n'était pas une bonne influence de toute façon. Je te donne juste un exemple simple: on avait le même divan depuis des années, il ne voulait pas le changer, un vrai cheap. Il travaillait sur un prototype d'hélicoptère, c'était vrai mais ça n'aboutissait jamais. Moi j'étais plus capable. Il était juste bon pour jouer avec les enfants sur le tapis du salon, les emmener au parc ou leur lire des histoires. À un moment donné, j'ai mis ses affaires dans un sac à vidanges, je l'ai sorti sur le perron pis j'ai fait changer la serrure, final bâton. Quand il a voulu revenir, j'ai appelé la police. »

Irma l'écoute debout en buvant son double latte, appuyée sur le comptoir près du four à micro-ondes, les bras croisés. Elle ne rétorque pas mais elle se dit en elle-même que de jouer avec ses enfants, de prendre le temps de lui lire des histoires et d'aller au parc avec lui, c'est justement ce qu'il y a de plus souhaitable. Jocelyne poursuit :

« Il a été chanceux que je ne lui demande pas de pension alimentaire.

- C'est vous qui avez payé pour élever tes enfants ?

- Il me donnait de l'argent quand même, c'est au moins ça. Mais j'aurais pu le traîner en cour quand même. Quand je pense à ça, je sais ben pas ce qui m'avais pris d'aller avec lui. J'avais vingt ans. Il était là avec ses grandes pattes, il jouait au basketball, c'était à côté de chez mes parents. Ça a tombé sur lui. Le premier enfant c'était un accident pis le deuxième c'est moi qui le voulais... J'étais lancée, qu'est-ce que tu veux que je te dise ? C'est fait, c'est fait » termine-t-elle en laissant tomber son magazine sur la table.

Elle reprend : « Ici en périnatalité, on est bien : on est juste des femmes, à part les deux gorilles, Guérard et Soucy, c'est tout. C'est pas un domaine pour les hommes, qu'est-ce que tu veux que je te dise, c'est de même ! Prendre soin des petits, ils l'ont pas. »

Irma trouve ça lourd. Elle soupire, se prépare à partir puis demande : « Avez-vous continué de suivre le procès de Jimmy Carhurt ?

- Certain ! J'espère assez qu'il va se faire ramasser ce petit crisse-là. Ça se peut-y ? Le jury délibère, ça devrait plus être trop long avant le verdict. En tous cas, si c'était rien que de moi, ça niaiserait pas longtemps, la décision serait vite prise. Eh bateau ... Il perdrait sur toute la ligne le petit crisse et devrait payer un dédommagement pour les mères.

- Je n'en doute pas » conclut Irma en quittant la cafétéria.

*

Il est plus de minuit quand Michèle arrive la maison. Après le cinq à sept, elle est allée souper avec les filles et la soirée s'est étirée. Elle n'a évidemment rien mentionné de l'incident avec Christian Aubé. Quand elles ont insisté pour qu'elle parle d'elle, Michèle a dévoilé certains détails concernant la création du centre de recherche à Prague. Lorsque Annabelle l'a poussée dans ses derniers retranchements sur le projet d'avoir un bébé, Jeannie et Lucie ont blagué gentiment à propos d'Irma. Cela signifiait « tu as raison, il n'y a rien qui presse, tiens ton bout ».

C'est la nuit noire. Irma est à l'hôpital jusqu'à demain. Michèle a envie de texter à Christian, ce serait une première. Elle hésite et reste dans la voiture. L'autre matin, Irma lui avait laissé son numéro « au cas où il ne se présente pas tu l'appelleras ». Elle hésite encore. Elle ne veut pas entrer tout de suite chez elle et se décide à le texter mais dehors, sinon elle aurait vraiment l'impression de tromper Irma si elle le textait depuis l'intérieur de la maison. Ce qui s'est passé l'autre jour, c'était vraiment inattendu, non prémédité, incontrôlable, mais malheureusement inoubliable.

« Bonjour Christian, c'est Michèle, suis-je au bon numéro ? »

Après avoir laissé son message, Michèle sort de la voiture et entre dans la maison.

Christian n'active jamais les notifications sur son téléphone et il est endormi sur son divan devant la télé depuis une bonne heure.

L'aînée de ses filles entre. Elle va agiter les orteils de son père. « Va dans ton lit tu seras mieux ». Il ouvre les yeux, « ah oui ». Il glisse les pieds dans ses pantoufles péniblement, éteint la télé puis va dans la cuisine se verser un verre d'eau avant d'aller se coucher. Il prend son téléphone afin de l'éteindre pour la nuit mais voit le message de Michèle, il ressent un bien-être. Il lui répond : « Oui ? » Il se dirige vers sa chambre. Elle lui écrit : « Bonsoir ?...

- Bonsoir ?

- Je suis toute mélangée...

- Ne t'en fais pas, n'en parlons plus...

- Justement...

- Justement, quoi ?

- J'ai besoin d'en parler...

- Est-ce que je peux t'appeler ?

- Pas vraiment, ma grande est ici avec moi...

- Peux-tu venir me rencontrer ? Ce soir, est-ce possible ? J'ai vraiment besoin de régler quelque chose dans ma tête...

- Ok, donne-moi vingt minutes.

Christian agrippe la veste de jeans sur la patère et s'apprête à sortir. « Tu sors ? » lui demande sa fille. « Oui, j'ai pas le droit ?

- C'est pas ça, c'est qu'il est passé minuit...

- Je vais prendre un verre chez Ti-Mé.

- Coudonc le père, tu te lâches lousse ?

- Eh oui ! C'est le printemps après tout. »

Depuis que leur mère est décédée, les trois filles de Christian sont très protectrices avec lui. Il n'ose même pas imaginer comment ce sera le jour où il leur présentera une autre femme. « C'est normal » lui ont tous dit les gens de son entourage mais « il faut que tu penses à toi aussi ».

Il sort et se dirige vers son pick-up. Il a froid. Le printemps avait été hâtif jusqu'ici mais depuis deux jours l'hiver semble vouloir revenir. Il fait zéro degré. Du chemin Bélisle à Morin Heights au chemin de la Paix à Saint-Sauveur, il en a pour quinze minutes. « Sa copine Irma ne doit pas être là, c'est sûr » pense-t-il. Il sait qu'Irma fait souvent les horaires de nuit. Il se doute que Michèle voudra recommencer comme l'autre jour sinon elle ne le contacterait pas de cette façon. Même si elle ne veut que parler, il se dit qu'il y a anguille sous roche.

Il arrive près de la maison du Chemin de la Paix et au moment de tourner dans l'entrée en demi-cercle, ses phares reflètent dans les yeux de Michèle qui est assise dans sa voiture. Il freine et arrête son moteur. Les deux sortent de leur voiture en même temps. Il est content de la voir mais elle, elle a honte. Lui a repensé souvent à ce qui s'était passé, c'était comme un cadeau de la vie, une surprise totale, cette « agression » de Michèle. Il s'était senti à la fois un sauveur et un miraculé. Un miraculé, car il n'avait connu que deux nuits de contacts intimes depuis le décès de son épouse il y a deux ans et c'était dans des conditions très alcoolisées, au hasard d'une rencontre chez Ti-Mé. Un sauveur, car Michèle l'avait fait sentir plus grand que nature et tout dans le comportement de cette femme cet après-midi-là ressemblait à une délivrance.

« Je voulais vous revoir car je n'y crois pas. Dites-moi que c'est vraiment arrivé ce qui s'est passé entre nous, il y a trois semaines maintenant ?

- Viens on va marcher. »

Christian lui met la main sur l'épaule et amorce ses pas vers le côté de la maison en pente douce qui mène au terrain arrière donnant sur le lac. La lumière jaune du portique les éclaire un peu. Dès qu'ils ont passé le coin du bâtiment, la nuit est noire. Leurs yeux s'y habituent tranquillement. « Oui Michèle, c'est arrivé, c'est vraiment arrivé. » Elle se met à pleurer : « Oui mais je ne peux pas ...

- Tu ne peux pas quoi ?

- Je ne peux pas faire ça à Irma.

- C'est passé, c'est passé, ne t'en veux pas. »

En lui disant cela, il est détaché des pensées érotiques qui ont occupé son esprit non-stop depuis le fameux mardi. Il compatit pour ce que ressent Michèle et comprend le conflit interne qu'elle vit. Il devine toute la dimension affective que cela implique. Il la prend dans ses bras pour la consoler. Elle pose sa tête sur le haut de son torse et pleure à chaudes larmes, elle a les bras pendant le long de son corps. Christian lui dit, à voix très basse : « Il n'y a qu'une seule chose que je dois te dire absolument, c'est que tu n'as plus le droit de me vouvoyer. » Elle rit doucement.

Les larmes de Michèle cessent de couler. Elle décolle lentement le haut de son corps de celui de Christian puis tâte ses pectoraux, elle passe une main en-dessous de sa veste et de sa chemise pour toucher la peau, comme pour se convaincre de son existence. Ce moment se poursuit pendant quelques minutes mais elle fuit son regard. « Je ne souhaite pas faire de mal à Irma, répète-t-elle. Je ne sais pas ce qui m'a pris. Je n'avais même jamais embrassé un homme.

- Tu n'as pas à te culpabiliser. Tu n'as pas fait de mal à Irma. Tu as été curieuse, c'est tout. »

Elle recolle sa tête contre son torse et lui demande : « Est-ce que tu as aimé ça au moins ? »

*

C'est la dernière fin de semaine avant le dévoilement de l'exposition « L'Art dans ta ville ». Jeannie est très nerveuse, surtout qu'elle craint que Madame Guillemette, en qui elle n'a absolument pas confiance, vienne saboter les choses au dernier moment. Elle décide alors, à tout hasard, de retravailler le courriel de rappel, pourtant déjà rédigé, et l'envoie à tous les invités, en ce dimanche soir, au lieu de laisser le bureau s'en occuper le lendemain.

Elle se lève de sa chaise et va regarder par la fenêtre. Elle ouvre la porte coulissante et sort sur le balcon. Il fait trop froid, pense-t-elle et n'y reste qu'un instant. Cette nuit on annonce moins deux, c'est rare pour ce temps de l'année. Elle pense à Isidore qui arrivera dans cinq jours, en provenance d'un pays où il fait une température moyenne diurne de 29 degrés. Elle réécoute le message qu'il lui a laissé plus tôt aujourd'hui, il lui reconfirme que son vol arrive vendredi à seize heures trente. Le temps que ça prendra pour qu'il sorte de l'avion et qu'il passe la douane, il en aura au moins pour une heure mais elle a tout planifié : il prendra un taxi et viendra la rejoindre directement à l'exposition. Ensuite, il est prévu que ça se poursuive au Chat Perdu avec les copines et d'autres amis. « Ça va te plonger dans le bain dès ton arrivée » lui a-t-elle dit hier. Après avoir fermé son ordi, elle allume la télé pour se changer les idées, la semaine à venir sera chargée.

À soixante kilomètres de là, Christian fait la fête chez Ti-Mé. Ils sont quelques-uns au bar à rigoler de la moindre blague insignifiante : il fait bon d'exister. La barmaid offre une tournée de shooters. Il en prend un mais s'apprête à partir puisqu'il sera bientôt vingt-deux heures et il a besoin de toute sa tête demain. Il n'aime pas se sentir ramolli par l'alcool de la veille, normalement il ne sort pas le dimanche. Par contre, suite à l'histoire avec Michèle et leur conversation d'il y a deux jours, ça lui donne des ailes. Le printemps aidant, il aimerait que quelque chose lui arrive côté sentimental. « Salut tout le monde ! » dit-il en marchant vers la sortie. « À mardi » répond la serveuse, accompagné d'un bruit de bouteilles de bière vides qui s'entrechoquent.

Christian est lui aussi surpris par la température qui a chuté. Il démarre et quitte la rue Lafleur, mais au lieu de tourner vers la route 229, il se dirige vers l'avenue principale déserte, à cette heure c'est le même temps pour se rendre chez lui. En passant vis-à-vis le parc de l'église, il remarque dans le noir un homme à moitié couché sur un banc, il semble inanimé, comme figé. Il reconnaît All Dressed. Il arrête sa voiture et descend. Il marche vers lui. De la vapeur sort de la bouche de l'homme endormi qui ronfle d'un sommeil éthylique.

« All, réveille, je vais te ramener chez toi. »

Il le secoue délicatement. Tout d'un coup, All Dressed sort de son sommeil en sursaut : « Aïe ! » puis il revient à lui tranquillement. Il est complètement ivre mais reconnaît Christian.

« Titan » dit-il.

Christian est saisi de tristesse de voir son copain de bistro dans un tel état et lui redit : « Viens, je te ramène chez toi.

- As-tu de quoi à boire ? demande All Dressed.

- Non. Je viens de sortir du bar et je n'ai rien dans mon char.

- J'ai rien chez nous non plus, dit All Dressed. Mais on peut retourner Chez Ti-Mé à la place ?

- On pourrait mais je pense que tu serais mieux dans ton lit. »

En disant ça, il le prend par le coude pour le soulever.

« On va au bar, Titan, envoye donc...

- Écoute All Dressed, vraiment je pense que t'as eu ton quota pour ce soir ... T'aurais pu crever, ici sur le banc : il fait en dessous de zéro. Pas de farce ! Des histoires de gars saouls, morts endormis dans le banc de neige, y'en a plein, je veux pas que ça t'arrive....

- Bahhhh, ça changerait quoi que j'crève drette là. Ça ferait une bonne affaire de réglée. »

Christian voit soudain l'autre visage d'All Dressed, celui d'un homme qui n'a que l'alcool comme refuge.

« Ok, All, on va arrêter au dépanneur, je t'achète une couple de grosses bières pis je te ramène chez vous.

- Là tu parles ! »

Quelques minutes plus tard, Christian est en train de payer deux grosses Molson à la caisse du dépanneur pendant qu'un employé verrouille à clé le réfrigérateur de bière : il est arrivé juste à temps. En revenant au camion, All Dressed lui dit d'une voix apaisée : « Merci Titan, je sais pas comment te le dire...

- C'est juste normal, je vois un chum endormi sur un banc, il fait frette, je le ramène chez lui.

- Pis tu m'achète de la bière en plus... Toi t'as trois filles, hein ?

- Oui, la plus vieille dix-neuf, les deux autres dix-sept et quinze.

- C'est ben beau... Prends-en soin... Anyway, tu dois être un crisse de bon père. Moi, mon père c'était un marin, apparemment. Ma mère m'a déposé sur le perron de l'église, j'avais trois semaines. J'ai été promené dans des orphelinats jusqu'à onze ans. Y'en a qui venaient pour adopter, mais ils ne me choisissaient pas. Toujours est-il qu'un bonhomme a dit qu'il était le frère de ma mère, qu'elle était morte et pis que lui pourrait m'élever. Alors ils m'ont envoyé avec lui. C'est sa bonne femme qui l'avait convaincu de me ramasser car ils avaient besoin de quelqu'un sur la ferme. L'été, je dormais dans la grange, pis l'hiver dans le grenier. Ils me nourrissaient pis c'est à peu près toutte. Dès que j'ai eu quinze ans j'ai crissé mon camp pour aller travailler sur une autre ferme. Tu cré-tu ça, Titan ? J'ai jamais couché avec une femme. Avec mes cinq pieds .... pis qui m' manque la moitié des dents... Si elles ont le choix, elles en prennent un autre, c'est sûr. En plus que j'ai jamais eu d'argent ... Des fois ça aiderait… Le plus loin que j'ai été, c'est regarder la craque des boules des barmaids. »

Christian écoute le récit de All Dressed et il a envie de l'inviter chez lui au lieu de le déposer à son appartement mais il ne voudrait pas que ses filles le voient, ou plutôt qu'elles le voient comme ça. Il ne veut pas qu'elles côtoient cet être brisé par la vie dans leur maison et il a honte de penser ça, c'est comme s'il voudrait les protéger de la proximité de la misère humaine. Il choisit donc de ne pas inviter All chez lui. Elles verraient cet homme saoul, qui sent fort, dans l'endroit où elles vivent. Christian ne veut pas ça, mais il souhaiterait faire quelque chose de plus que de le ramener chez lui et lui donner ses deux bières. Il a envie de lui dire qu'il l'invitera un autre jour pour le souper, qu'il pourrait rencontrer ses filles mais il ne le fait pas, il ne se sent pas prêt. Il se dit qu'il l'invitera une autre fois quand il le reverra au bar.

All Dressed devine un tourment chez Christian et il lui dit : « Fais-toi-z-en pas pour moi, c'est pas d'hier que je deal avec tout ça. »

Ils arrivent dans le quartier où vit All Dressed, un nouveau développement près de l'autoroute 15. Quelques bâtiments à logements sans âme, gris brun. Tout est rasé autour. Ça donne froid dans le dos, pense Christian. All pointe du doigt la porte de son demi sous-sol. Christian s'arrête juste devant et sort pour l'aider.

« Chu capable de marcher ! dit-il en riant. Hey, Titan, je t'en dois une. »

Christian l'accompagne jusqu'à la porte et lui remet le sac contenant ses deux bières. « Salut et merci encore » dit All Dressed qui tourne la poignée.

« T'avais pas barré ta porte, demande Christian ?

- J'la barre jamais, y'a rien à voler. »

*

À Philadelphie, la floraison du muguet et du lilas est déjà terminée : le printemps a passé en coup de vent, on est aux portes de l'été. « Les épaules dévoilées des femmes et les jupes courtes sont de mise, mais que ces signes estivaux, comme des clins d'œil à la joie de vivre, ne sont désormais que rarement soulignés par les hommes qui jadis les regardaient volontiers et exprimaient le bonheur spontané que cette vue leur suscitait » fait remarquer un journaliste senior à son stagiaire. « C'est dommage qu'aujourd'hui la suspicion envers toute inclinaison naturelle de l'homme ratisse aussi large et qu'il vaille mieux ne pas regarder ou très discrètement, ne rien laisser paraître d'une émotion, et surtout ne rien dire, sinon cela pourrait être considéré comme une agression » conclut-il.

Sous un soleil de plomb, la foule s'entasse devant le palais de justice. Ceux qui appuient Jimmy Carhurt sont d'un côté, ses opposants de l'autre. Un grand écran devait être installé sur le terrain, mais la ville l'a interdit, craignant une trop grande agitation. Les minutes passent, la tension est palpable. Des informations ont coulé, le verdict est imminent. De grandes banderoles de slogans pendent ici et là, comme si on espérait encore pouvoir avoir de l'influence ou que, ne serait-ce qu'un mot, transmis par la télé, puisse convaincre quelqu'un, quelque part.

Presque tous ceux qui sont présents regardent sur leur téléphone la transmission en direct. La caméra montre une porte fermée avec un colosse flanqué à côté. Il a l'air calme, il bouge légèrement sur place. Soudain, il se tourne de côté, étend son bras vers la poignée. Avec son immense main, il l'empoigne et la tourne. Il ouvre. Une minute passe. Finalement, les membres du jury entrent un après l'autre et prennent place.

Dehors, on entend des gens crier comme à un match de hockey. La caméra montre maintenant le juge avec ses lunettes sur le bout du nez. Il demande au jury s'il est arrivé à une décision. L'un des jurés se lève et explique que ce n'était pas facile, qu'ils ont dû en débattre longuement mais qu'ils sont arrivés à un consensus.

« Alors, faites-nous part de votre décision, demande le juge.

- Nous déclarons les deux mères de Jimmy Carhurt et la compagnie Precious Life non-coupables, nous les libérons de toutes les accusations portées par le demandeur.

- Merci » dit le juge en déplaçant des feuilles sur son bureau.

Au même moment, la porte principale du Palais de Justice s'ouvre avec fracas, une femme à queue de cheval avec une casquette des Phillies sort en criant de toute ses forces : « Nous avons gagné ». C'est le délire. La foule, composée en majorité de femmes, est en liesse. Elles pleurent de joie, elles crient, elles célèbrent. L'une d'elles perd connaissance, comme à un spectacle de rappeur. Les journalistes s'approchent, micro à la main, se mêlant à la foule pour recueillir des impressions à chaud. Celle qui s'était évanouie se relève, prosternée devant Olga et Géraldine de Pro-Love. « Merci tellement, merci, merci, merci, vous êtes nos sauveuses, merci pour tout ce que vous avez fait. » Un journaliste demande à Olga comment elle se sent. La manifestante répond solennellement : « C'est une grande avancée pour la femme, une victoire pour la liberté et un grand pas pour l'humanité.

- Vous avez gagné sur toute la ligne, c'est ce que vous souhaitiez, n'est-ce pas ?

- C'est ce que nous souhaitions pour les femmes du monde entier. Enfin la justice de notre pays a statué que les hommes n'auront plus la mainmise sur la reproduction de notre espèce, que le développement d'un enfant ainsi que son bien-être ne dépendront pas de la présence du père, ni même de la connaissance de son identité. »

-Et comment pensez-vous que cela se traduira chez les couples d'homosexuels hommes ?

- Eh bien pour eux, ce sera la même chose, mais veuillez préciser votre question, s'il vous plaît ?

- Dans le cas des couples homosexuels qui choisiront le combo banque de sperme et mère porteuse, pensez-vous que l'identité de la mère, comme c'est le cas ici pour l'identité du géniteur, se devra de rester inconnue ?

- Pour la mère c'est différent, car c'est elle qui porte l'enfant. Nous croyons que c'est à elle de décider et que si elle a signé un contrat d'anonymat elle puisse revenir sur sa décision. Il s'agit d'un autre débat » termine-t-elle avec un grand sourire. Elle ajoute : « Une maman, c'est une maman, ce n'est pas pareil, elle est irremplaçable. Un papa, c'est différent… » Géraldine arrive à l'écran, tout sourire. Elle met son bras autour du cou d'Olga et l'entraîne vers un attroupement plus loin.

Au coin de la rue, les trois kiosques de hot-dogs ambulants sont débordés. La décision du jury ayant été annoncée après l'heure du dîner, la majorité attendait le verdict pour aller manger. Les partisans de Jimmy Carhurt se sont dispersés tandis que ses opposantes célèbrent leur victoire. Les trois vendeurs ne fournissent pas, certaines clientes profitent de la cohue pour partir sans payer, d'autres commandent pour plusieurs copines à la fois : « trois saucisses jumbos, extra mayo » ... « cinq hot-dogs réguliers, sauce piquante » ... « trois mini saucisses sans pain ». Elles les dévorent debout, à pleines dents, en échappant les serviettes qui partent au vent. Dans plusieurs petits groupes, on débouche le mousseux.

Plus loin, c'est au tour de Donald Renfrew de Men Are Pigs But Not Only Pigs And Pigs Deserve Respect d'être interrogé : « Quelle est votre réaction ?

- C'est une catastrophe pour les droits des hommes. Nous sommes tous indignés de cette décision. Nous ne comprenons tout simplement pas. Comment peut-on en arriver à un tel manque d'éthique au point de donner carte blanche à des pratiques qui enfreignent la dignité humaine ? C'est une preuve de plus que l'être humain en ce début de vingt et unième siècle est de plus en plus considéré comme un simple objet de consommation.

- Pensez-vous que Jimmy Carhurt va porter sa cause en appel ?

- Nous l'espérons vivement. Si c'est le cas, nous organiserons une levée de fonds pour lui venir en aide. Pour l'instant, nous demandons à tous les hommes qui ont l'intention de donner leur sperme... » Il marque une pause, se retourne et fixe la caméra avant de poursuivre : « Nous vous demandons de ne pas donner. De grâce, faites-le par solidarité masculine. Tant que les dispositions légales ne changent pas, il ne faut ni vendre, ni faire don de son sperme. L'homme a droit à sa dignité. »

La journaliste porte le micro vers elle : « Que dites-vous à ces hommes qui tirent un revenu du don de leurs semences ?

- Nous avons mis sur pied un centre d'aide financière pour eux, il s'agit de nous contacter au... »

L'intervieweuse baisse son micro pour une raison évidente de code journalistique car elle ne le laisser donner un numéro de téléphone comme ça à la télé, c'eût été le laisser promouvoir son mouvement. Puis elle reprend : « Donc ces hommes peuvent entrer en contact avec votre organisation pour plus de renseignements ?

- Exactement. »

De but en blanc, Donald Renfrew demande à la journaliste :

« Vous avez des enfants ? »

Elle sourit à la question et répond : « Oui, j'ai deux enfants et j'ai un mari aussi.

- Grand bien vous fasse » répond Donald Renfrew en lui faisant une révérence.

*

« C'est le reste de gâteau forêt noire que j'ai mangé hier soir, je le sais » répond Michèle à Irma qui est devant la porte des toilettes.

Michèle vient de vomir. De toute évidence, elle a encore la tête dans la cuvette car il y a de l'écho quand elle parle. Irma rajoute : « Je t'avais dit qu'après deux semaines dans le frigo, c'était risqué. »

Michèle tire la chaîne et sort. Irma lui flatte le haut du dos en la raccompagnant vers la chambre. « Je pense que je vais me recoucher, dit Michèle.

- Moi malheureusement, je dois y aller, mon amour. J'aimerais tellement pouvoir rester ici, prendre soin de toi... Tu vas être correcte, ma chérie?

- Oui, dit Michèle, ça va passer.

- Alors on se voit au vernissage ? Si jamais ça ne va pas mieux, tu ne viens pas, ok ? Jeannie a insisté beaucoup pour qu'on y soit, je sais, mais si t'es malade, t u   e s   m a l a d e , dit-elle en insistant, tu restes ici. Promis ?

- Oui, promis.

- Sinon on se voit là-bas, comme prévu ?

- Oui c'est ça, je vais sûrement arriver avant toi, précise Michèle.

- Moi je devrais être là à cinq heures quinze. Pour te stationner, rappelle-toi la rue Mayor, cet hiver ... Y'a toujours de la place là.

- Ok, bye »

Dès que Michèle entend le bruit de la voiture qui démarre, elle éclate en sanglots et elle se roule en boule dans son lit, complètement bouleversée. Elle se sent coupable d'avoir eu une relation sexuelle avec Christian Aubé. C'est une erreur sûrement. Jamais auparavant dans sa vie ça ne lui avait effleuré l'esprit d'être un jour attirée par un homme.

« Maintenant j'en paye le prix » pense-t-elle. Elle a l'impression d'avoir trahi Irma et elle brûle d'envie de tout lui raconter ; cinq secondes plus tard c'est le contraire : elle pense que si elle dévoile ce qui est arrivé, ça va tout briser et elles devront se séparer. Elle aime Irma, elle ne veut pas la perdre. Elle voudrait pouvoir tout mettre sur pause, retourner coucher avec Aubé, le respirer encore, sentir son torse contre le sien et revoir ses yeux révulsés. Elle a envie de goûter à cet homme encore au moins une fois. Elle ne sait plus où elle en est.

Pendant ce temps, au centre-ville, Jeannie fait ses derniers préparatifs. Tout est en place : une œuvre extraite de chacune des collections est accrochée, placée selon son œil, son goût. Elle avait tout planifié mais laissé à Madame Guillemette le choix de l'emplacement des « bancs de réflexion » avec tables basses sur lesquelles sont posés les cahiers de l'expo. Par contre, pour compenser le fait que les quelques sculptures sur bois aux dimensions humaines ne se retrouvent pas dans le cahier de présentation, elle les a faites placer à l'entrée, n'en déplaise à « la vieille gribiche » avec qui elle a eu une sérieuse engueulade hier. Elle lui a finalement dit sa façon de penser et l'a remise à sa place, juste au moment où la même Madame Guillemette allait téléphoner au directeur pour dire qu'elle n'aurait pas le temps de faire les achats nécessaires pour le vin d'honneur. C'était de toute évidence une tentative de saboter l'événement. Jeannie avait rattrapé l'affaire in extremis : « je vais m'en occuper ».

Il est quinze heures, le vernissage débutera bientôt.

*

Chez Dellini & DaVerdi, Lucie et Marco sont chacun dans leur bureau. La lumière du téléphone interne s'allume. « Jééé veux vous voirrrr, salle Atlantis, cinco minutos », demande le grand patron. Lucie arrête ce qu'elle était en train de faire et ramasse rapidement ses choses pour le week-end, elle pourra donc partir tout de suite après, surtout qu'elle a promis à Jeannie d'arriver au plus tard à dix-sept heures trente. Quant à Marco, il se tournait les pouces en attendant le ok de Lucie pour l'accompagner au vernissage.

Giuseppe Dellini est confortablement installé dans la grande chaise en cuir, le regard songeur, un verre de cognac devant lui. « Mes amis, jéé dois vous annoncer que Monsieur Carsini nous a quittés. »

Stupéfaits, Marco et Lucie demandent presqu'en même temps :

« C'est de notre faute ???

- Noooo, je ne veux pas dirrre qu'il nous remercie de nos services, je veux dirrre qu'il est mort, morto. Crise cardiaque, hier.

« Oh !!! » font Lucie et Marco en même temps.

- Eh oui.... Imaginez-vous qu'il était chez una donna, una ghanéenne de quarante-cinq ans. Apparremment les deux séé voyaient discrètement et régulièrement depuis longtemps... Trrristeééé, Tristtté. Le stress du procès à venir peut-être... Ça ne serait pas la première fois quéé cé genrre de chose arrive. Jousté au moment où il aurait été libéré de son mariage, il aurait pu commencer une nouvelle vie, ouna nuova vita... Dommage... Heureusement il n'avait pas d'enfant. Pour une fois que c'est une bonne nouvelle, ne pas avoir eu d'enfant.

- Justement, intervient Lucie, il m'avait dit cela quand je l'ai interrogé il y a trois jours à peine, tel que vous me l'aviez demandé. »

Elle marque une pause, fixe le vide, sous le choc d'apprendre qu'il n'est déjà plus de ce monde.

« Il m'avait juré qu'il n'avait vu que cette femme-là en dehors de son mariage. Elle était caissière chez Adonis, le marché méditerranéen, où il se rendait toutes les semaines, c'est là qu'il l'avait rencontrée. Il aimait aller acheter lui-même ses gnocchis et ses épices fraîches.

- Eh bien c'est ça, il est mort chez elle. Ciao la vida... C'est elle qui a alerté l'ambulanza. Elle vit dans un trois et demi à St-Hubert.

Mainnnntenant.... Ce matin, j'ai eu au téléphone Lucien Legendre, son notariooo. Pour ce qui est déé nos honorrraires, ils seront réglés rubis sur l'ongle, il n'y a pas de problème pour ça. À vrai dire jé n'y pensais même pas. Par ailleurrrrs, ce qui est étonnant c'est que Carsini avait modifié son testament, il y a une semaine. Cé qué je vais vous dirre est trrrès confidentiel.... Vous n'en parlez à personne. Legendre me l'a dit car lui et moi sommes de vieux amis et vous, vous travaillez avec moi sur le dossier, mais motus et bouche cousue, compris, capito ? Voici : dans la nouvelle mouture de son testament, il a mis ce que nous suggérions de céder à son ex-femme...

- Quand vous dites « nous », Giuseppe, c'est bien gentil mais c'est vous qui en avez eu l'idée.

- Qu'importe ! poursuit Maître Dellini, Carsini a donné l'ordre que Madame touche une généreuse pension mensuelle jusqu'à son décès et le quart des recettes de Globale Tapiz pour les cinq prochaines années, après quoi tout ira à cette femme ghanéenne. Quant à sa fortune, hormis une part pour des œuvres de charité, il a décidé de la léguer entièrement à Zaara Bloom, son dernier amour, *l'amore della sua vita*..... La donna rrrééfuzera sans doute, car semble-t-il, elle n'est pas du tout « à l'argent ». Le notaire Legendre devra insister et lui remettre la lettre dans laquelle Carsini explique son geste.

Oh... » répondent encore Lucie et Marco, étonnés.

*

Le vol d'Air France 344 amorce son virage au pied des Laurentides quand Isidore, la tête appuyée sur le hublot, se fait réveiller par la voix du pilote qui annonce l'atterrissage prévu dans quarante-cinq minutes et s'excuse pour le retard. « Nous espérons que le vol vous a plu, nous vous souhaitons une belle soirée. »

« Tout est si vert » pense Isidore. Il est aussi frappé par la quantité de lacs qu'il aperçoit de là-haut. L'avion passe au-dessus du fleuve et fait un virage près du stade olympique. Isidore dévore le paysage des yeux. Il voit tout Montréal: le mont Royal, les gratte-ciels et le fleuve qui entoure l'île, ça le rend fébrile. Les gens autour de lui commencent à replacer leurs affaires, vider le compartiment cousu au dos du siège devant eux, remettre leurs souliers, regarder leur montre et se demander s'ils auront le temps de terminer leur film.

Au sol, Jeannie aussi regarde sa montre : « il aurait dû me texter déjà » se demande-t-elle. Pendant que Madame Guillemette offre un bonjour pincé aux premiers invités qui arrivent, Jeannie se retire et regarde sur son téléphone l'horaire des arrivées et départs. Elle constate que le vol d'Isidore n'est pas à l'heure. Elle ne l'avait pas vu avant, toute occupée qu'elle était.

« Ah tu es là !!!, lui dit un confrère qui arrive derrière elle. Bravo, c'est vraiment hot, Jeannie, fier de toi. La photo de la série *Mon île,* qui sera installée dans le parc en face de chez moi, est absolument superbe.

- Merci, répond Jeannie, prends un autre verre, gêne-toi pas. »

Il y a une heure, Annabelle était sur le point de mettre la clé dans la porte lorsqu'elle est retournée à la salle de bain une dernière fois pour scruter son visage qu'elle n'a pas arrêté de gratter « cette foutue nouvelle crème ! ». Elle a pris le tube et l'a jeté à la poubelle. « Je ne peux pas sortir comme ça » a-t-elle pensé à la vue de ses joues, toutes enflées par une crise d'allergie. Elle se parle à haute voix : « Fuck, je suis en retard, heureusement c'est pas loin, taxi au lieu du métro. » Après avoir mis de la glace et rincé plusieurs fois, ça va mieux. Il est dix-sept heures. « Jeannie va me tuer. » Elle lui texte : « Excuse-moi, j'arrive, je t'expliquerai. » Au moment d'envoyer son texto, elle en reçoit un de Rudolf : « On se voit ? ». Elle lui dit que non, qu'elle ne peut pas, qu'elle a un vernissage, ce à quoi il répond : « Pas grave, il y a des toilettes, là-bas, comme partout. » ... « Non pas ce soir » ... « C'est où ton truc ? » ... « En face de l'ancien Musique Plus » ... « J'ai le temps de passer chez toi avant alors ? » ... « Non, je pars à l'instant. »

Isidore a passé la douane, il parle au téléphone avec Jeannie devant le carrousel à bagages, immobile. « Je suis vraiment désolé. De toute évidence j'arriverai trop tard, j'attends encore ma valise.

- C'est pas grave, répond Jeannie, je te ferai visiter l'expo en privé plus tard cette semaine. Tu diras au taxi qu'il t'amène au Chat Perdu sur Cathcart, près du square Philip, on va tous être là. C'est un tout petit bout de rue, tu ne peux pas le manquer. On mettra ta valise dans un coin. On va partir d'ici dans une demi-heure, je dirais. J'ai tellement hâte de te voir...

- Moi aussi, dit Isidore. On y est presque ! »

Irma prend la main de Jeannie : « Je suis contente pour toi. Il arrive enfin, cet Isidore. Et en plus pour ta grande soirée ! »

Elle attire Jeannie plus loin dans la section de la collection *Territoire Retrouvé*, où l'on voit une photo de quatre mètres carrés en noir et blanc représentant une vieille femme inuit assise sur une grève à marée basse où jonchent ça et là des bouts de glace. « Je veux que tu me mettes en contact avec la créatrice de celle-ci, je veux lui acheter.

- Mais elles ne sont pas à vendre, répond Jeannie.

Non, mais à la fin de l'été sûrement ? » En disant cela, Annabelle arrive : « Allô les filles !!!

- Allô ma belle » répond Jeannie alors qu'Irma pose la main dans le haut de son dos tout en répondant à son téléphone. « Allô ? Allô ? »

C'était Michèle qui a raccroché volontairement. Elle ne se sent pas capable de parler, elle a besoin de réfléchir. Elle lui texte rapidement « suis dans le trafic » même si en fait elle est assise dans sa voiture stationnée à quelques rues de là. Irma le lit distraitement puis rejoint la discussion entre Jeannie et Annabelle.

Les conversations fusent de partout. Tous apprécient les photos et se font des « santé », verre dans une main, petite bouchée dans l'autre.

On entend des commentaires « Ah oui, ça me fait penser à ... » « Ah, celle-ci je la voudrais bien dans mon salon » etc. Jeannie quitte un instant Annabelle et Irma pour sillonner entre les invités, s'assurer que tout va bien : « Ah, tu as pu venir finalement »... « Merci d'être là »... « Oui, cet artiste est originaire du Bas-du-Fleuve effectivement » ... « Deux semaines, oui, elles vont être ici pendant deux semaines, ensuite on les installe dans les lieux publics. D'ailleurs, dans le cahier ici sur la table, en page centrale vous avez le nom et les emplacements des parcs. »

Jeannie est dans son élément et l'événement qu'elle a organisé s'avère une réussite, une grande joie s'empare d'elle. Quant à Madame Guillemette, elle est en discussion avec une ancienne collègue dans un coin de la salle, chacune avec un Perrier citron à la main. Jeannie retourne vers Irma et Annabelle qui a rapidement fini son deuxième verre et en amorce un troisième. « Faut fêter ta réussite Jeannie » dit-elle.

Michèle, toujours dans sa voiture, téléphone à Christian : « J'aimerais te voir et te parler.

- Certainement, Michèle.

- Est-ce c'est possible demain ? Irma ne sera pas là. Le jour d'après, je serai en plein dans le rush de mes préparatifs car je pars pour Prague tard en soirée.

- Je veux bien, pas de problème. »

Il devine que même demain ça fait loin pour elle, alors il demande à tout hasard : « Mais tu es où, en ce moment ?

- Je suis au centre-ville, je dois rejoindre Irma au vernissage d'une amie.

- Ah, Ah !!! Eh bien ça parle au diable : je suis au centre-ville moi aussi. Moi qui ne viens jamais dans le coin, je suis venu pour la vente finale d'un des derniers magasins de disques, à côté de l'ancien Spectrum. T'es où au centre-ville ?

- Je suis sur Mayor, à côté du magasin La Baie, dit-elle d'une voix fragilisée.

- Bouge pas, je vais être là dans dix minutes, max. »

Au vernissage, tout baigne quand Annabelle reçoit un texto de Rudolf : « Je suis là ». Elle est perturbée : « Quoi ? » ... « Oui, regarde vers l'entrée ». Elle se déplace le long d'une toile et elle le voit, là-bas à la porte, il est derrière deux personnes que Jeannie salue à leur arrivée. Leurs regards se croisent. Il lui écrit derechef : « Tu viens me rejoindre dans les toilettes ? ». Quand Annabelle lit ça, elle est excédée par le contraste entre le moment agréable qu'elle vit, parmi tous ces gens sophistiqués, et la présence de Rudolf, à quelques mètres d'elle, qui la réclame pour avoir du sexe dans les toilettes. Elle vit une révélation : c'est inadmissible. Ça la met en furie. Royalement. « Attends » écrit-elle. Rudolf patiente dans le corridor, à côté de l'entrée quand Lucie, Patrice et Marco, qu'il ne connaît ni d'Ève ni d'Adam, surgissent de l'ascenseur. Les trois lui font un signe de tête puis ils entrent dans la salle. Tout de suite, Jeannie arrive, Lucie lui présente Marco. Ils disparaissent. Rudolf piaffe d'impatience et se décide d'entrer à son tour. Il est debout, près de la porte, embêté. La salle est bondée, ça parle fort. Rudolf remarque Annabelle de dos, au milieu des gens. Ça l'exaspère. Il a chaud. Il enlève sa veste de cuir et la pose sur le coin d'une toile sur le mur. Marco, debout à coté de Lucie, Patrice et Jeannie, écoute ce qui se dit, mais il est timide et ne parle pas. Il voit ce que vient de faire cet inconnu et lui fait gentiment un signe voulant dire « ne le mets pas là ». Rudolf l'ignore. Marco se détache du petit groupe, s'approche et lui dit avec conviction : « S'il te plaît, enlève ton manteau de là, c'est une toile.

- De quoi je me mêle ? » lui répond Rudolf.

Marco est piqué au vif. Ce n'est pas le genre d'affront qu'il faut lui faire, tout esthète qu'il est. Il rapproche son visage de celui de Rudolf et lui demande : « Pardon ? » Rudolf lui fait un doigt d'honneur.

Marco lui en fait un à son tour puis il étire son bras pour enlever le jacket du cadre. Rudolf le pousse en le narguant. Marco soulève le jacket du cadre. Rudolf lui donne une légère gifle. C'est la goutte de trop. Rapide comme l'éclair, Marco assomme d'un coup de front Rudolf qui tombe par terre. Émoi dans la salle. Les gens autour se retournent, surpris. Rudolf lui dit en se relevant : « Pour qui tu te prends, crisse de tapette ? » Marco pointe du doigt le cadre où le jacket était suspendu et lui répond : « C'est une œuvre d'art !!! » Rudolf rétorque : « Je m'en crisse. » Il s'apprête à frapper Marco qui, plus vite que lui, lui assène un solide coup de poing. Rudolf tombe de nouveau. Marco se penche, le ramasse par le gilet et le fond de culotte et le projette violemment dans le corridor avant de se retourner vite, ramasser la veste par terre et la lancer de toutes ses forces en dehors de la salle. Tout s'est passé très vite. Marco regarde tout le monde et dit : « Je suis désolé, je suis désolé... » Quelques personnes applaudissent. On entend Rudolf qui hurle dans le corridor :

« Crisse de gang de FFFRRRAIIS chiééééÉÉÉÉÉÉÉÉÉSSS » en se dirigeant vers l'escalier. On entend la porte s'ouvrir avec un coup de pied.

Dans la salle, Jeannie est toute bouleversée et verse une larme. Patrice et Lucie l'entourent. Patrice prend l'initiative de dire tout haut à tout le monde : « C'est fini, que la fête continue ! »

Jeannie tente de sourire. Son petit groupe la console pendant que tout revient au calme. Annabelle a tout vu. Elle s'approche, scrute Marco et lui dit : « Mais toi, je t'ai déjà vu. »

Il la regarde, hésite... « Euh, oui, c'est toi qui attendais à la pizzéria.

- Oui, c'était moi ». Lui rajoute : « Finaldi avait gagné son combat ce jour-là...

- Il ne faisait pas chaud dans ce resto, dit-elle, mais le café était... » Elle roule les yeux. Marco répond tout de go : « Caffe italiano ! »

Quelque chose se passe entre les deux. Coup de foudre. Ils discutent depuis déjà un bon moment quand le mari de Lucie arrive avec du mousseux pour Marco. Annabelle prend le verre de blanc que Patrice tient dans son autre main. C'était le sien, mais bon… ça le fait sourire. Marco et Annabelle font « chin, chin ». Ils se regardent dans les yeux en buvant une gorgée. Annabelle, déjà pompette, s'approche pour l'embrasser sur la bouche. Marco se laisse faire puis avale d'une seule rasade ce qui reste dans son verre. Elle le fixe à nouveau dans les yeux avec insistance puis l'embrasse sur la bouche une deuxième fois. Cette fois, il met la main derrière son dos puis prolonge le baiser... Tranquillement le vide se fait autour d'eux. Tous les gens présents ont vu la scène et s'envoient des sourires complices. D'un coup sec, Annabelle s'arrête et lui dit : « Viens, je vais te faire faire le tour ». En se baladant dans l'expo, elle commente les œuvres, ils s'échangent leurs impressions. Arrivés au fond de la salle, ils s'appuient sur le cadre de la grande fenêtre et recommencent à s'embrasser. Cette fois, c'est sans fin. Au bout d'une quinzaine de minutes, il ne reste personne quand Jeannie dit tout haut : « Allez les deux là-bas, on s'en va au Chat Perdu, c'est fini pour ici. »

Quelques instants plus tard, Jeannie verrouille la porte derrière elle. Marco et Annabelle entrent avec les autres dans l'ascenseur.

« Michèle va venir nous rejoindre, explique Irma. Elle a été prise dans le trafic. Et toi, ton Isidore ?

- Son vol a eu du retard, il va nous rejoindre directement au bar » répond Jeannie.

Au même instant, à douze kilomètres de là, Isidore sort de l'aéroport et monte dans un taxi.

« C'est bien que ce soit écrit *Bonjour* sur votre taxi, dit-il au chauffeur en s'assoyant.

- Merci ! Je vous amène où ?

- Rue Cathcart, au centre-ville, paraît-il.

- C'est parti. Par contre, je vous déposerai à quelques rues de là car tout le quadrilatère est fermé en raison du festival Trans-Monde.

- Pas de problème. »

Isidore regarde dehors, il ne se sent pas fatigué malgré les heures de transport qu'il a dans le corps. Il demande au chauffeur s'il peut baisser les vitres car il veut respirer l'air ambiant. « Certainement ». Seize degrés c'est frais pour lui mais il apprécie. Il scrute les voitures qui passent de chaque côté du taxi, les marques, les formes. Tout est si différent de chez lui.

« C'est quand même génial de voyager » pense-t-il. Le chauffeur écoute le poste de nouvelles en continu, Al Jazeera, en arabe. Isidore demande poliment : « Pourriez-vous mettre de la musique canadienne, ou *québécoise* comme il faut dire ici apparemment, ça me mettrait dans l'ambiance ?

- Certainement. »

Le chauffeur tente de trouver un poste qui diffuse ce que demande son client mais il n'y en a pas dans sa liste programmée. Il essaie alors d'en syntoniser un avec le fureteur de la radio, mais sans succès. Après un moment, voyant que le chauffeur se concentre plus sur le tableau de bord que sur la route, Isidore lui dit : « Ça va, laissez faire si c'est compliqué.

- Je suis désolé, j'aurai essayé. »

Il s'arrête finalement sur un poste diffusant du house rap, en anglais.

« Ça va comme ça ?

- Oui oui, ça va. »

Michèle est sortie de la voiture quand Christian arrive. « Allô ? » dit-il. Elle sourit sans répondre.

Ils marchent, côte à côte, vers la rue Sainte-Catherine. Christian, qui la sent très nerveuse, essaie de la distraire en lui racontant les premiers shows rock qu'il a vus avec ses amis dans les années quatre-vingts et comment « c'est depuis ce temps-là que j'affectionne les disques vinyle… » Michèle l'interrompt : « Christian, je suis enceinte de toi.

- Quoi !!!???? »

Elle se met à pleurer. Des passants les regardent. Il l'entraîne vers le côté et la serre dans ses bras. « Ça va aller, ça va aller.

- Non, ça ne va pas aller !!! » répond-elle en se fâchant.

Elle soulève son menton et plonge son regard dans le sien.

« Non, ça ne va pas. Je veux le garder. »

Christian la soutient du regard, immuable : « Tu fais ce que tu veux de ton corps, c'est toi la femme. »

Elle se remet à pleurer, enfonce sa tête dans le creux de l'épaule de l'homme et lui murmure d'une voix frêle : « Voyons, ça ne se peut pas, on ne peut pas avoir un enfant ensemble ?

- Pourquoi pas ? On apprendra à se connaître » lui répond-il, d'une voix impassible.

« Et Irma ?

- Ça, ça t'appartient. Je te suivrai dans ce que tu décideras.

- Mais tu es père déjà trois fois ?

- Un de plus, ça ne changera pas grand-chose pour moi, hahaha. »

Au son de son rire, Michèle ressent un certain soulagement alors elle le serre de toutes ses forces. Il la serre aussi. Il est sous le choc mais préfère ne rien laisser paraître. Il a le menton appuyé sur sa tête et tangue doucement de gauche à droite de tout son corps, comme on console un enfant. Ils sont appuyés sur le mur de brique, faisant le coin d'une ruelle et Stanley, en biais de Sainte-Catherine. Des passants les observent discrètement. Les deux se serrent longuement. Christian sent la main de Michèle monter vers sa nuque. Elle relève la tête et lui présente sa bouche. Ils s'embrassent, passionnément. Puis d'un mouvement rapide, elle replonge sa tête vers le bas pour la blottir contre son torse pendant qu'il regarde ailleurs. Il voit s'approcher un homme noir, traînant une valise à roulettes. « Excusez-moi, lui demande l'inconnu, pourriez-vous me dire où se trouve le bar Le Chat Perdu ?

- Oui, t'es pas loin, tu tournes là et puis c'est juste à gauche.

- Merci.

Michèle soulève ses yeux, le regarde un instant, la tête appuyée contre Christian.

Isidore arrive devant le bar, il entre. Le long rideau qui en hiver protège la porte du froid n'est plus là. Jeannie, assise à la table du fond avec son groupe, le voit de loin. Elle se lève, marche rapidement vers lui en souriant et en haussant les épaules. Elle prend le visage d'Isidore entre ses mains. « Enfin tu es là !!! Tu n'es pas trop fatigué ? Viens que je te présente. » Les deux se dirigent vers le fond, il traîne sa valise qui sera déposée contre le mur derrière Patrice.

Jeannie fait les présentations. Irma est aux toilettes quand Jeannie, le regard tourné vers l'entrée du bar, dit : « Ah, voici celle qui manquait : Michèle !!! »

Michèle s'approche et salue tout le monde. Irma est revenue quand Jeannie dit à Michèle : « Maintenant je te présente Isidore ». Isidore la regarde, intrigué, et lui dit : « Oui mais, je t'ai vue, toi… tout à l'heure ? C'est ton copain qui m'a donné les indications pour le bar. »

Le visage de Michèle tourne au rouge écarlate en une fraction de seconde. Irma, stupéfaite, demande à Michèle : « Ton copain ??? » Michèle devient violette. Irma demande sans ambages à Isidore :

« Mais qui as-tu vu ??? »

Isidore sent qu'il vient de faire une gaffe. Patrice grimace en baissant son regard vers le plancher. Isidore fait semblant de ne pas bien entendre, il se rapproche et demande de répéter. Irma se retourne et gifle Michèle qui bondit de son tabouret et file à toute allure vers la sortie, Irma la suit prestement. C'est la crise.

Lucie et Jeannie sont sont sans mot. Annabelle et Marco n'ont rien vu et continuent de s'embrasser comme deux adolescents sur la banquette d'une voiture empruntée. Isidore, mal à l'aise, s'en sort : « Je vais aller au bar un instant ». Il s'y dirige lentement pendant que joue un remix de « Comment te dire adieu » de Françoise Hardy. Isidore est embêté mais pas plus que ça. Ayant grandi avec six sœurs, les scènes mélodramatiques, il connaît.

Il appuie ses coudes sur le bar et il se sent bien, il a l'impression qu'un nouveau monde s'ouvre à lui. La barmaid arrive et essuie le comptoir avec un linge. Tout en alternant son regard entre ce qu'elle fait d'une main et les yeux d'Isidore, elle lui demande : « Qu'est-ce que je te sers ? » Il tourne alors sa tête vers ses convives puis il compte à voix basse : « Lucie, Patrice, Annabelle, Marco et Jeannie, plus moi, donc ça fait six. » Il monte la voix « Je vais prendre six... » Il hésite. Il regarde les bouteilles derrière la barmaid, leur reflet dans le miroir et demande : « Vous connaissez le nom de ce cocktail ? ... Euh... » Elle lui sourit gentiment. Elle est visiblement de bonne humeur, arrivant sûrement de quelques jours de congé. Elle suggère : « cuba libre ? dry martini ? sex on the beach ? » Isidore rit : « Hahaha, non, non... », toujours avec son regard interrogatif. Elle refait glisser le linge sur le comptoir de sa main droite, patiemment... Il fait une autre tentative : « Vous savez, ce cocktail que mes amis buvaient quand je suis arrivé ?

- Ah ! répond-elle, un cosmopolitain ! Tu vas prendre six cosmopolitains ? » Elle s'étire pour agripper le mixeur quand il lui redemande, avec son accent ivoirien : « Comment dites-vous ? » Elle sourit, ayant vite fait de deviner qu'il s'agit d'un étranger, elle se

penche vers lui et prononce lentement, presque amicalement : « c o s m o p o l i t a i n. »
- Ah oui ! » s'exclame Isidore. Il dit alors, d'un air amusé :
« Pourquoi ça ne s'appelle tout simplement pas un *cocktail rose* ? »

***

www.ingramcontent.com/pod-product-compliance
Ingram Content Group UK Ltd.
Pitfield, Milton Keynes, MK11 3LW, UK
UKHW062258290726
14090UKWH00017B/772